# 千韵品红

曹克考——著

时代出版传媒股份有限公司
安徽文艺出版社

**图书在版编目（ＣＩＰ）数据**

千韵品红/曹克考著. --合肥：安徽文艺出版社,2021.4（2023.4 重印）
ISBN 978-7-5396-7157-4

Ⅰ．①千… Ⅱ．①曹… Ⅲ．①《红楼梦》研究 Ⅳ.
①I207.411

中国版本图书馆 CIP 数据核字(2021)第 023211 号

出 版 人：姚　巍　　　　　　责任编辑：周　丽

·····················································································

出版发行：安徽文艺出版社　　www.awpub.com
地　　址：合肥市翡翠路 1118 号　邮政编码：230071
营 销 部：(0551)63533889
印　　制：阳谷毕升印务有限公司　　(0635)6173567

·····················································································

开本：880×1230　1/32　印张：10　字数：300 千字
版次：2020 年 4 月第 1 版
印次：2023 年 4 月第 2 次印刷
定价：59.80 元

·····················································································

# 序一　克勉品红寻本真

裘新江

接到克考兄《千韵品红》一书样稿，嘱咐为序，十分荣幸，没想到在滁州，还有如此痴迷红楼者，到了要用千余首诗赋来歌咏的地步。只因我身在高校中文系，多年于红学研究有所涉猎，故而当老朋友曹家富兄告知他有一位族亲也对《红楼梦》有兴趣时，我便有所期待了。此后，因为我在滁州市诗词楹联学会任职的缘故，更与同在诗词创作界的克考兄有了多次接触，既为他谦谦君子风度所吸引，更为他诗词曲赋方面旺盛的创作力而赞叹，所以我直觉感到他以诗品红论红，应该是比较精彩的，后来通读样稿也便印证了我的想法。总体感觉，这是一部较有特点、诗论并茂、饶有兴味的红学著作，为红学大花园增添了一抹亮丽的色彩，值得向读者推荐。

历史地来看，以诗歌形式评论文学作品和作家是有传统的，早期多限于以诗论诗并以绝句形式为多，如唐代杜甫《戏为六绝句》在以诗论诗方面具有开创意义，唐代司空图《二十四诗品》、金代元好问的《论诗三十首》、清代王士祯《戏仿元遗山论诗绝句三十二首》等在学界也较有影响，成为后来评论者的重要引证来源。后来这种评论方式逐渐扩展到其他文学创作领域，用来以诗论词、以词论词、以诗论曲、以诗论小说等。如以诗论词方面有清代厉鹗《论词绝句》十二首、当代词家叶嘉莹《论词绝句五十首》，这方面甚至专门出版过孙克强、裴喆编著的《论词绝句二千首》（南开大学出版社 2014 年版）和程郁缀、李静笺注的《历代论词绝句笺注》（北京大学出版社 2014 年版）等著作；以词论词方面有清代康熙词人焦袁熹作《采桑子·编纂〈乐府妙声〉竟作》五十六首，民国卢前先生作《望江南·饮虹簃论清词百家》等；以诗论曲方面则以清代凌廷堪所作《论曲绝句三十二首》（偏重戏曲）和民国卢前所作《论曲绝句》四十首较有代表性。上述这些都为后来以诗论小说提供了坚实的创作基础。

以诗论小说兴盛于明代以后，特别是长篇白话小说在读者中的影响力，使得很多人喜欢用诗词形式歌咏小说中的人物和情节，《三国演义》有名的卷首词《临江仙·滚滚长江东逝水》，就出自明代著名文人杨慎之手。《红楼梦》问世后，题咏《红楼》的人自然也不会在少数。早期红学的评点派杂评派，以诗论红是比较重要的组成部分（人称"题咏派""题红诗""评红诗"）。题红诗所题咏的内容，主要包括《红楼梦》情节、人物、场景以及艺术题咏和曹雪芹的相关题咏，冯其庸、李希凡主编《红楼梦大辞典》，周汝昌著《红楼梦新证》，一粟编著《红楼梦书录》等均有题说。据统计，自乾隆到清末，题红诗不下 3000 首（参见一粟编《古典文学研究资料汇编·红楼梦卷》）。堪称最早的红学家的脂砚斋在评点《石头记》时，其实也采用了这种方式，如在《石头记》甲戌本《凡例》中所题诗："浮生着甚苦奔忙，盛席华筵终散场。悲喜千般同幻渺，古今一梦尽荒唐。漫言红袖啼痕重，更有情痴抱恨长。字字看来皆是血，十年辛苦不寻常。"很好地概括了《红楼梦》创作的基本精神，透露全书的创作主旨是"情"和"空"。与曹雪芹同时代的宗室文人永忠，在读了《红楼梦》之后，更有恨不相识之慨！其诗《因墨香得观红楼梦小说吊雪芹三绝句》曰："文笔传神足千秋，不是情人不泪流。可恨同时不相识，几问掩卷哭曹侯。""颦颦宝玉两情痴，儿女闺房语笑私。三寸柔毫能写尽，欲呼才鬼一中之。""都来眼底复心头，辛苦才人用意搜。混沌一时七窍凿，争教天不赋穷愁。"在诗里，永忠不仅俨然视自己为雪芹的知己，而且深悟《红楼梦》"大旨谈情"的用意和艺术匠心，并预言这部书必将流传千秋万代，应该说是极富审美眼光的，这与鲁迅评价说"自有《红楼梦》出来以后，传统的思想和写法都打破了"，有着异曲同工之妙。与曹雪芹同时代的还有周春（1729—1815）作《题红楼梦》七律8首，富察·明义诗集《绿烟琐窗集》中收有《题红楼梦绝句二十首》，都是现存较早的题红诗。特别是富察·明义不仅对人物和情节做了精彩点评，而且还透露了早期《红楼梦》版本有的而现在已佚失的情节，具有较高的史料价值，历来为红学家们所重视。嘉庆一一年（1806）刊刻的女作家吴兰征《零香集》收有题红诗12首。此外，题红诗创作较有名的还有姜祺《红楼梦诗》七绝144首、冰召棠《红楼梦百咏》、卢先骆《红楼梦竹枝词》绝句100首，近代诗人丘逢甲也写有题红诗《红楼梦绝句题词为菽园孝廉作》与《扶风君有私印曰："黛玉性情、香菱遭际"，钤之牍尾，意有所感，书此为寄》两组共14首等，所以对题红诗的研究是红学研究不可缺少的一环。题红诗创作在现当代伴随着红学的热度不减，创作之人也是众多的，具体数量恐怕一时也很难统计，像已故的红学大师周汝昌、冯其庸等都留有不少题红诗。还有人专门出过题红诗著作，如张燮南的《红楼全咏》（安徽文艺出版社1993年9月，曾获1994年华东地区优秀文艺图书二等奖）、徐宝源的《红楼吟》（远方出版社1993年11月）、栾继显的《诗评红楼梦》（山东人民出版社1993年12月）等，但是这些著作还是偏重于传统诗体形式，用词曲和赋的形式咏红创作的还不多见，而像克考兄这样专门为品红创作出版一本集诗词曲赋联于一体的著作的情况更是少见，应当说为红楼题咏派创作增加了新的亮点。

应当承认，以诗词曲赋联形式品赏《红楼》不是一件容易的事，这起码要具备三个基本条件：

一是熟读作品。只有读熟了作品，才能把握住人物或情节的主要精神进行创作。通读《千韵品红》，可见克考兄对原著的熟悉程度。诚如克考兄自己在《自序》中所说，"少时读红楼，囫囵吞枣，不解其味"，"壮年赏红楼，慢嚼细咽，难谕其旨"，"老来迷红楼，敲骨吸髓，几多感喟"，"而今品红楼，含酸茹苦，亦觉快慰"，这不仅是一生读《红楼》的真实体验（所谓"每读《红楼》总不同，人生况味蕴其中"），更是克考兄一生反复细心品读《红楼》的真实写照。

二是精通诗艺。用诗词曲赋联的形式呈现品红感受，必须要合乎诗道，讲究格律技巧和境界创造，在这方面克考兄自然不会有什么问题。全书有品红诗 600 首、品红联 120 副、品红词 244 阕、品红散曲 265 支、品红辞赋 5 篇，克考兄根据全书构思分别设置不同诗体加以精心创作，有总有分，点面结合，符合创作规范，更好地发挥出了各种诗体的表达效果。

品红诗由序诗（总）到对 120 回的逐回歌咏（分），能够抓住小说的主要精神和情节，绝句的形式承继了古代以诗论诗的传统，简洁明快，合乎规范，富于启发意义。品红词专注于小说中的女性形象，每人少则 1 阕，多则 5 阕，像金陵十二钗正册每人都在 4 阕以上，最多的是林黛玉和薛宝钗，为每人 5 阕。品红词以《词林正韵》为依据，运用多种词牌，多角度、多侧面揭示了这些形象的主要性格特征，如抓住林黛玉"情痴"和"诗魂"的特点来写，最终表达了作者对该形象"泪尽只为还宿债，情情犹自化真无"（《潇湘神》）的基本看法；再比如写薛宝钗，作者抱有同情惋惜之情，肯定其"诗词曲赋比方家"（《芳草渡》），才貌双全，艳冠群芳，悲叹其为金玉良缘误终身，所谓"吹絮幽帘，梦共痴情醉。随缘逝，倚阑聊慰，怎叫人心碎"（《点绛唇》）。

品红曲主要面向小说中的男性形象而作。我猜想克考兄用曲的形式来歌咏红楼男性，是否为了更好地发挥散曲大胆泼辣、批判现实的风格，也与曹雪芹崇尚女儿、鄙弃男子的审美理想相适应，故而前面歌咏女性用词的形式。因为在传统看来，词、曲同为音乐文学和俗文学，词较之曲要更雅致婉约些，更适合表现女性。

品红联主要是针对前80回而作（不知克考兄为何不作后40回），由于原著已有曹雪芹所拟回目在那，所以按回再拟对联要尽量避免与原著意思重复，克考兄注意到了这一点，侧重从对某回的总体感受出发来创作。如第一回拟联："梦幻识通灵，贯红楼脉络；风尘怀闺秀，藏故事玄机。"点明该回所设线索和寓意。再比如第四回拟护官符联："一纸护官符，万家泣泪书。"护官符一度被学界理解为小说的总纲，与四大家族"一损俱损，一荣俱荣"关系密切，但其背后却是普通百姓的辛酸泪水。

克考兄的赋虽不多，却更能展示其才气与见识，能够集中体现其对曹雪芹和《红楼梦》的基本认识，令人回味。如《红楼梦赋》曰："自古传奇多托梦，才子梦、佳人梦，噩梦美梦皆梦幻；从来小说重言情，爱恋情、偕老情，真情假情是情缘。"认为"一部红楼，将人情世态，寓脂痕粉迹间"，确实抓住了《红楼梦》立意本旨，即"情""幻""梦"。

三是富于新意。这也是历史上题红诗可以存在的重要理由，以诗品红就是想通过诗的形式更好地提炼《红楼梦》的主要精神，更好地概括小说人物和情节的基本特点，以便启发读者更好地阅读《红楼梦》，否则也就失去了题红诗的本来意义了。通读全书，克考兄能从自己独特的阅读体验出发，对小说的主要情节和人物做出精彩的点评，有的则为本书较为独特的看法。如《凤箫吟》词评凤姐："不虚言，红尘凡鸟，诚然作凤中龙。耻廉仁共性，作三分合一，各情衷。""真心尊贾母，便时时、言毕亲躬。数上下，私恩遍及，的是奸雄。"写出了凤姐的多面性。再比如曲评贾环，从"娘贱儿轻自古"大环境出发，对该形象做了实事求是的评价，对其"爹难疼，娘难顾，众人冷落"的处境抱有同情。再比如对小说第六十三回《寿怡红群芳开夜宴》章节，拟对联评价："宝玉生辰，昼而开宴，夜而开宴，浮华子弟何其鄙陋；朱门华府，老也风流，少也风流，富贵人家如此靡奢。"与学界对该情节一直肯定的态度明显不同，换了认识的角度。

总之，读了《千韵品红》，在欣赏了古典诗词曲赋联艺术美的同时，还能在对《红楼梦》这部经典的解读上获得新的启发。古典诗词和《红楼梦》都是中国传统文化的瑰宝，两者结合在一块，可谓是珠联璧合，美不胜收，克考兄为传播中华文化应当说是做了一件大好事，相信会有更多的读者喜欢这部书。也希望本书出版后有机会不断完善，如注意更成体系化的创作，注意选择一个可靠的阅读版本，诗体更加丰富些（不能单纯是绝句），等等，当然这需要假以时日，在不断征求读者宝贵意见中逐渐完成。

最后，以一首诗结束本序，祝克考兄创作上更加精进，硕果累累：

曹家一脉续情根，克勉品红寻本真。
考学已成千古事，韵传石记显精神。

2019年4月2日作于滁州琅琊山下

（作者简介：裘新江，滁州学院文学与传媒学院原院长，现为滁州学院皖东历史文化研究中心主任，教授，滁州市人大常委会教科文卫副主任，中国红楼梦学会理事，滁州市诗词楹联学会会长。曾在《红楼梦学刊》《戏曲研究》等报刊发表论文近60篇，出版专著2部，主编教材2部。）

# 序 二

邵 琳

　　去年曹克考先生伉俪来徐州游学，徐州诗协的几位朋友接待了他们，我亦得与曹先生夫妇相识。席间，曹先生拿出一部题名《千韵品红》的诗稿，说是多年研读《红楼梦》心得所集，希望我能为之作序。拿到这部《千韵品红》，粗略浏览，不禁为曹先生之才学折服。我本学浅，不敢为曹先生的诗集作序，然多年热爱《红楼梦》，读后又觉有些话想说，便执笔写这一篇读后感。

　　中华五千年文明史，给我们留下了璀璨浩瀚的文化典籍，其中，诗歌无疑是一笔巨大的财富。朗诵这些诗歌作品，香泽满口，而效仿古人创作自己的诗歌作品，则更是人生之自豪事。若能用古典诗歌的形式，歌咏中国古代最伟大的一部小说，则是自豪又自豪的事。

　　曹克考先生就是这样一位诗人，他诗、词、曲、赋皆长，对古典名著《红楼梦》的解读又有过人之处，因而，这部《千韵品红》也独具特色。

　　用诗词的形式对《红楼梦》人物进行评析、歌咏，早已有之。这部分作品被称作"题红诗"，这部分人红学史上称之为"题咏派"。

　　现存最早的题红诗，当是明义的《题红楼梦绝句二十首》，因为其中涉及《红楼梦》作者及版本问题，多年来一直为红学爱好者重视。但不可否认的是，这二十首题红诗，除提供了一些与现有版本似有不同的情节之外，也反映了明义对《红楼梦》人物的一种情感倾向。

据研究，清代的题红诗，上自缙绅阀阅、名门淑女，下至草野寒士甚至青楼烟花，题咏队伍几乎囊括了社会各个阶层之人。他们分别采取诗、词、曲、赋、赞等韵文形式，或对红楼人物进行评价，或对其中事件陈述看法，或对红楼艺术表达见解。一粟编《古典文学研究资料汇编·红楼梦卷》著录了七十余家题咏《红楼梦》的诗、词、赋、赞近千首，并指出，如果剔除《红楼梦》的续书、戏曲、专著等的卷首题词以及酬和《红楼梦》原著内诗词的作品，至少还有3000多首。通过众多题红诗，我们可以看出《红楼梦》的影响之广。（参阅赵建忠《题咏派红学的缘起、衍化及价值新估》，2005年第3期《明清小说研究》No.3，2005年总第77期）

我认为曹克考先生的题红诗、词、曲、赋，数量之多，内容之广，体例之繁，见解之深，超越了前人。

这部《千韵品红》内容广泛，涉及《红楼梦》120回情节、人物；体例多样，有诗、词、曲、赋、联等。第一部分以回目为顺序，分别进行题咏，内容包括叙情节、析主题、悟人性、参世情，这部分作品在梳理情节的过程中也流露出作者对人物的评价。第二部分为词，以人物为主，包括《红楼梦》中的女性人物108人，其中金陵十二钗正册十二位，薛、林各占5阕，其余皆4阕，可见在曹先生看来，钗黛并秀，群妍辅之。在副册中，《红楼梦》文本只列出"香菱"一位，这里曹先生根据他自己的研究成果另外补充了其余的十一位。还有后面的又副册中，文本中只列了"晴雯""袭人"，曹先生同样补齐了其余各位。后面三到七副册，人物涉及贾府中出现的各个人物，有名字的几乎都有题咏。第三部分为曲，专写男性，涉及《红楼梦》中出现过的有名有姓的男性112人。除此，还有赋、联等。可以说，这是一部用古典诗歌的各种体例来题咏《红楼梦》的集子，诗工，词雅，曲丽，值得一读。

曹先生古典造诣深厚，每一种体裁都信手拈来，而且几不相犯。总观这部集子中洋洋洒洒的千余首咏红诗，更让我佩服的是曹先生对《红楼梦》文本的熟稔程度。情节自不必说，那几百个人物，曹先生用诗、词、曲的形式对他们的一生进行提炼概括，且符合文学评论中人物形象分析之理论，人物评价也大致契合《红楼梦》的主旨。对贾雨村的评价，脂砚斋曾经一语中的，说他"奸雄本色"。红学史上对贾雨村的评价也延续这种定论。曹克考先生沿用这一人物形象的定位，以诗明旨，契合百年红学研究的方向。对贾宝玉，曹先生用"正宫"六调咏之，分别为【菩萨蛮】【俏秀才】【呆骨朵】【笑和尚】【叨叨令】【醉太平】，首先用"多情种"为之定位，再用"放狂""乖张"等分析他的性格。这是文本中给宝玉的形象定位。后面几首曲子，曹先生则沿用红学史上对宝玉的评价，说他是"豪门真反叛""旷古一情痴"。当然，随着社会的不断发展，人们的价值观也在发生着变化，对《红楼梦》人物的评价也会随之发生变化，一个时代有一个时代的《红楼梦》，曹先生的评价代表着他那个时代的读者对《红楼梦》的理解。贾宝玉是否叛逆，在今天看来也许会有不同见解，但贾宝玉是"旷古一情痴"，却是各个时代的《红楼梦》读者的共同认知。

"情"是《红楼梦》文化的核心内容。作为"绛洞花主"的贾宝玉，他本身是有护花使命的，他是情榜中"情不情"的中心人物，是《红楼梦》生命关怀主旨的核心代表。贾宝玉看花怜花，看草怜草，对大观园中身份不等的丫鬟们都抱有同样的关怀和尊重，这是曹雪芹先生超越时代的思想，在今天仍然具有非凡意义。

因此，曹先生能抓住《红楼梦》文本"情"之创作主旨，对众多人物充满了悲悯和同情，与曹雪芹之情感一脉相承，常常能切中人物形象的核心内涵，如写宝钗的"度"、史湘云的"豪"、元春的"正"、迎春的"忍"、黛玉的"悲"、探春的"卑"、惜春的"怪"等等。因为曹先生的咏红诗所依据的本子为程高120回本，所以在人物评价上难免会受版本因素的影响，比如他评价林黛玉临终时刻用"怨魂仍在吟诗",表现了黛玉离世前的哀怨。但《脂砚斋重评石头记》中脂砚斋曾有一段话:"其人不自惜,而知己能不千方百计为之惜乎? 所以绛珠之泪至死不干,万苦不怨。所谓求仁而得仁,又何怨? 悲矣!"(蒙府本第三回后)。宝玉挨打之后让晴雯送旧帕给林黛玉,林黛玉感题三绝,自此,宝黛之间完成了心灵的契合。因此后40回中黛玉死时的"怨"脱离了前80回文本人物性格。又如在写秦可卿的时候突出了她的"聚麀之耻",事实上,《脂砚斋重评石头记》中已经删去了秦可卿天香楼情节,文本中的秦可卿乖巧可人、温柔和平,也是一薄命女子。这部《千韵品红》对《红楼梦》中绝大部分人物的评价是公允的,是平和的,而程脂问题争论颇多,曹先生不介入红学纷争,只以一本研读创作,当然也是无可厚非的。

《红楼梦》写人物最突出的特点是符合人物的"圆型"理论,每个人物都是活生生的"这一个",极有个性,因而,优点鲜明,缺点亦鲜明,正如鲁迅先生所言:"其要点在敢于如实描写,并无讳饰,和从前的小说叙好人完全是好,坏人完全是坏的,大不相同,所以其中所叙的人物,都是真的人物。总之自有《红楼梦》出来以后,传统的思想和写法都打破了。"(鲁迅《中国小说的历史的变迁》)

曹先生用极简练的诗的语言对人物加以点评,既写他们的优点,也写他们的不足。比如写贾政,是"一介鸿儒""公正勤廉""殚精竭虑",打宝玉是"锻炼成才具。有何过错"? 但同时他也指出贾政是"脾性迂愚""不劳持家琐务""冥顽愚固"。曹先生有极强的是非观,对《红楼梦》中一些心狠手辣之人他也毫不容情,对之极尽鞭挞。比如他写王熙凤,突出她毒辣贪婪的奸雄本色,"更蝎心蛇胆,辣手枭魔。恰似冰山罂粟,迷魂药,宿祸陈疴";写贾赦是"骄奢乐享,寡耻鲜廉似魍魉""含妒谈偏短,拈酸怨亲娘,枉为尊与长",写他不顾亲情,把亲生女儿送给豺狼,致使迎春惨死。

总之，曹先生这部诗集不仅是诗的杰作，更是他多年《红楼梦》研究的成果，代表着他对古典名著的解读。

　　有人说，古典诗词虽好，但格律太难了。掌握一种格律不难，掌握诗、词、曲、赋、联等多种格律确实是太不易了。这部诗集中，重复的词牌、曲牌竟然很少。"词"部分，人物选用的词牌名大多与她本人的身份和名称相符，比如写香菱用【采莲令】【连理枝】，写尤二姐用【孤馆深沉】【巫山一段云】【调笑令】，写尤三姐则用【厅前柳】等。写金钗108人，244阕词，几乎皆是不同的词牌，这一点令人非常钦佩。我对曲知之不多，但这部诗集中的曲名却令我大开眼界，112个人物，265支曲牌，不能不佩服曹先生的匠心独运。

　　千余首诗作，是曹先生多年的心血，其中包含着他对《红楼梦》的情感、对名著的深刻思考。慢慢品读，才能领略其中之精华。我这篇文字是读后感想，希望能作为引子，帮助读者诸君走进这座典雅富丽的诗之殿堂，享受诗之美，感受汉语言古典之美。

2017年7月15日

　　（作者简介：邵琳，女，江苏徐州人，中学语文高级教师，中国红楼梦学会会员，江苏省红楼梦学会理事，徐州市作协、诗协会员。出版随笔论文集《红楼絮语》、古典诗词集《肘间集》、散文集《今夜有月》。）

# 序　三

薛守忠

　　今日之红学，可谓满园春色，百花盛开。在众多著名专家、教授、学者之外，尚有无数痴迷红楼而剪烛静心、默默耕耘者。他们或醉心于宝黛之爱情，或探索贾府之盛衰，或迷恋别具风格之诗词，或追慕芹圃之才华，或敬佩才女之风采，等等，总之，各有千秋，不一而足。而我的朋友曹克考先生，堪称其中之翘楚。这不仅因其研究红楼之全面，更因其呈现硕果的样式手法之特别——诗、词、曲、赋、联，凡1000余首，玉成《千韵品红》（以下简称《千韵》），真可谓"标新立异二月花"。

　　以韵文评红，《千韵》并非唯一。与芹圃同时之宗室诗人明义，于其《绿烟琐窗集》中即有《题红楼梦绝句二十首》。其后，以韵文方式品读红楼者屡见不鲜。不过此等篇章，盖多就红楼之一人一物一草一木或某场景、事件、细节而精心描摹歌唱，题咏赞叹，抒情言志，或指事言理，或表其感悟，或述其忧思，或写缠绵，或叙悲慨。但若就其整体或系统而言，虽为数众多，却如无数之珠玑，而散落于历代书册典籍之内，亦闪烁迷人之珠光宝气而逗人青睐，却终因无一锦线之贯串其中而多有零乱无序之状，故而不能全面而系统地勾勒《红楼梦》之恢宏结构，亦难以勾画出面目不一而性格鲜明且数量众多之艺术形象，大有蜻蜓点水之嫌，实难映现《红楼梦》深广而丰富之内容。因而，在此前提下，《千韵》之一旦问世，定会因其体裁之别致、内容之系统、手法之多样、角度之特别、艺术之精练而传出空谷足音。

读完其书，不禁陷入沉思：该书缘起于何？其真正意义与价值又作何评说？欲答此问，须先了解作者其人。

曹克考，字向农，号淮东散人，1954年生于安徽明光，大学文化。诗人、作家、辞赋家、《红楼梦》研究学者、谱牒专家、中等专业学校讲师。现为中华辞赋家联合会常务理事、中华诗词学会、中国楹联学会、中国辞赋家协会会员，安徽省作家协会、散文家协会、民间文艺家协会会员，安徽省诗词学会理事、散曲分会副会长，安徽省中华传统文化研究会家谱研究中心秘书长，江苏省红楼梦学会会员。曾任明光市诗词学会常务副会长兼《明光诗词》主编；现任安徽省明光市家文化研究会会长、党支部书记，《明光家文化》总编。

曹公之文学组织头衔似鱼贯而列，而此与《千韵》创作之联系可谓千丝万缕。《千韵》之缘起，亦可从中窥出几分讯息。

首先，红楼原著语言艺术之影响与启迪。妇孺皆知，就一定角度而言，红楼乃典型之古典诗体小说。仅就前80回而言，已有诗、词、曲、赋、联共一百多处，而其中每一首（篇）皆为雪芹先生精心构思而成，故其深远之思想意蕴及高雅之艺术境界，当拔萃于古今文学之林。我想，此等精美之韵文经典对曹公之影响、熏陶、启发、诱导，可不言而喻。

其次，红楼之斐然文采与摄人魂魄之韵味与曹公对古典韵文之浓厚兴趣相契合。原著之韵文篇什，无论关于人物命运而暗藏伏笔之"判词"、富有深刻人生哲理意味之"楹联"、挥洒自如而泼辣之中裹挟幽默讽刺之"红楼梦十二支曲"，还是富丽堂皇而又典雅含蓄、极尽铺排夸张之能事之《葬花吟》《秋窗风雨夕》《芙蓉女儿诔》《警幻仙姑赋》等，每一首（篇）诗、词、赋、联、曲，均有运思缜密、构词精美、境界高妙之特点；而其作品之华丽词采，曼妙风流而醉人魂魄之气韵，恰与曹公之雅好、志趣契合无间，故曹公于长期之读红、品红、评红之过程中，从研究、理解、欣赏，再由仿写而到独立创作，日积月累，集腋成裘，终成洋洋大观之作，虽步前辈之后尘，却能遥望先人之项背甚而有所超越，故而曹公也是甚感欣慰。

再次，《红楼梦》为《千韵》创作材料之源泉——故事情节、人物形象、环境背景、历史文化、哲学宗教、艺术人文、衣食住行等，可谓浩如烟海，色彩缤纷。其中每一人物之生老病死，或衣着打扮，或相貌特征，或言谈举止，或天文地理、医卜星象、三教九流、小说戏剧，或吟诗作画、赏景观花，或亭台殿阁、草木虫鱼等，皆蕴含丰富之思想情感及美学之韵味，从中随手拈来某一细节，稍加扩展，即可成章。或曰：《千韵》中每一作品之内容，皆渊源于《红楼梦》巨著。从源之流，源远而流长，如木之有根，根深叶茂，此乃古今常理也。既明《千韵》之缘起及题材之渊源，那么，其价值若何？

首先，巧用多种传统古典之韵文体式，由点而面，自古至今，纵横交错而多维度品评红楼，应是红学史上专以韵文呈现其探究成果之集大成之作。据理而言，应是红学于当今时代又一优秀成果。

其次，品评人物的范围或数量令人刮目。此前，海量文章或诗、词、曲、赋，关注主要人物或主子居多，而于仆人或平头百姓则往往涉笔寥寥或视而不见。而《千韵》与此则大异其趣，既为主要人物而费心评章，更倾怜悯之情怀而为大量次要人物评判，立传，颇有颠覆传统评论之习惯思维，为卖浆者流代言之意味，此为红学诞生以来罕有之举措，堪称"标新立异"。品评所及200余人，且每人之性格、品质、面貌，或生平轨迹，或文采风流，或重要事件等，皆能扣其要点，把握关键，三言两语，形象活现，呼之欲出，令人拍案。曹公倾其学识，竭其智慧，费尽心血，奇思巧构，以驾轻就熟之传统韵文之技艺，按头制帽，逐一咏叹，创作诗篇，实为难得。"字字看来皆是血，十年辛苦不寻常。"雪芹先生之感喟，亦恰适于克考先生。

再次，《千韵》不只复述或提炼或说明或议论小说之一鳞半爪，而以情节系统、人物系列、时空变幻之前后为基本前提，再融入自己之独特感受和理解，经潜思酝酿、炼词铸句，成就作品，其中作者独立之观点往往出人意料，此乃曹公之又一创意也。按此，《千韵》确可视为红学长河之千层浪花中极为靓丽之一朵。

以上就《千韵》之缘起、价值等略作表述，以下则对《千韵》进行走马观花式之概览，以便从掠影之中展示其精彩亮点。

品红诗，共600首，用多种手法、精练典雅之词，对《红楼梦》纷繁复杂之情节脉络进行爬梳整理，提纲挈领，钩沉关键。120回，前80回每回6首，后40回每回2首，虽前6后2，数量有别，但艺术效果颇为一致：情节运行之轨迹，人物命运之起伏，性格心理之变化，环境场景之更换，或描摹叙述，或议论抒情，或钩玄提要，或画龙点睛，均已收到轻重有别、线索分明之效。《红楼梦》之双线——宝黛爱情、贾府盛衰——虽然交错运行，写景叙事烦琐纷杂，细腻入微且如风云之多变，但曹公却能做到随线伴行而踩点赋诗：精彩之处，浓墨重彩，慷慨咏叹；过渡环节，轻描淡写，点水带过，但亦有轻风鼓浪助潮涌起之功效！如此则显隐兼顾，内外配合，点线相融。其呕心沥血，用心良苦，可见一斑。

品红联120副。一般而言，联和诗，既密切联系，又差异明显。

联系：首先，二者所描叙之内容基本相同，诗与联均为对每一回之情节进行提炼，而后再进行要点式之描述；其次，二者体裁或样式有相似之处。概而言之，诗有对仗或对偶之要求，而此种手法恰是创作楹联之关键技艺。所谓差异：诗有四句，联则两句；诗则内容、意境较为完整，联则略显简单却更精练纯粹；诗则侧重面上之扫描，情节之线清晰可见，联则略有提示、警醒之意，以启读者紧扣原著之要点中枢。前诗后联，内容上勾连呼应，点面结合，轻重互补，形成整体。

品红词244阕，涉及108位女性。据名家论定，女性乃芹圃着力塑造之形象也，其中之典型则为金陵十二钗之正册、副册、又副册中之钗、黛、"四春"等，皆为贵族小姐，名门闺秀，擅长琴棋书画、吟诗作赋，可谓才华满溢，胜过须眉，容貌个个风姿绰约，窈窕妩媚，才情风流，每人均有"回眸一笑百媚生，六宫粉黛无颜色"之醉人秀色。作者以长短句，分别描写之，应是量身定做，恰如其分。欣赏品红词，眼前定会浮现群芳荟萃，个个身姿袅娜，款款走出红楼大观，又楚楚动人，活跃于文采飞扬之辞章舞台，更以别开生面之风貌而昭示于世人之眼前。此乃曹公之二次创作也。

以诗余题咏女性，盖出于作者苦心也。词，方其问世之际，以"诗余"称之。以传统思维观之，诗，乃严肃、庄重之体式，整齐大方，故常用于正统之抒情言志述理；而诗余则多写风花雪月或男女缠绵之情。那些才华横溢而又"体格风骚"之美女，历来被视为爱之天使，情之圣女，美之极致。故用诗余咏叹，艺术效果令人赞叹：词之婉约艳丽，女性之文雅曼妙，二者合一，文采风流，芳香四溢，似天机云锦，醉人心魄。

品红曲共265支，以之专咏男性，亦是苦心孤诣。贾宝玉说过，男人都是泥做的，见了就感到浑浊生厌，这里的"泥做的""浑浊"等词之含义大致为"粗俗""低俗""庸俗""卑俗"之意。与此相对之女子皆"水做的骨肉"，见了就觉得"清爽"，而"水做的骨肉""清爽"则与男人之"俗"相对，其意暗含"雅""清雅""高雅""典雅""文雅"等。古代文论中就有"诗庄、词媚、曲俗"之定评。

《千韵》压卷乃五篇辞赋（其中《品红赋》用作《自序》，此略）。

《曹雪芹赋》，重宏观描述其坎坷一生，熔慨叹、惋惜、哀悼、赞美、仰慕、歌颂于一炉；而点睛之笔，以己为雪芹之同宗而自豪、自信、自珍、自爱，亦隐隐约约透露出几分自傲。

《红楼梦赋》，从小说三要素入手，概评《红楼梦》在情节、人物和环境等方面之特色，重在赞美众多女性之美貌、才华、智慧，感叹其命运、下场之悲惨凄凉，唏嘘其结局之寂寥空无。

《大观园赋》，侧重描述红楼人物活动之典型环境：赞绝代之园林，绘名山秀水，咏鸟语花香，并凭此衬托元妃省亲之阔气排场、富丽堂皇。但斗转星移，沧桑巨变，荣耀之大观园，却化为浮云青烟，缥缈远去，终为人间美谈。

《金陵十二钗赋》，从主要人物形象下笔，赞美她们之高雅气质、绰约风姿、柔美行为、纯洁心灵，赞美其华美诗文，哀怜其命运之偃蹇，惋惜其风流云散之结局，暗合"千红一窟（哭），万艳同杯（悲）"之意。

五篇大赋，宏观扫描，人物故事、环境美景、芹圃命运、钗黛悲情、情节脉络，一一呈现。

《千韵》波澜壮阔，诗、词、曲、联、赋勾连一体，搭建起这本书之基本构架，并且从多角度、多侧面，再次呈现《红楼梦》百科全书式之伟大与神奇。实事求是地说，《千韵》不愧为当今红学园地之一朵绚丽奇葩。

以此为序，谨表向慕之意。

2017年2月初稿于明光和顺花园
2017年4月16日改定于上海家中

（作者简介：薛守忠，安徽明光人，中学语文高级教师，安徽省作家协会、散文家协会、民间文艺家协会会员，明光市作协会员。曾发表散文《难以忘怀的音容笑貌》《拾芋记》《故乡的小桥》等，长诗《丙辰冬至扫墓有感》；出版专著《贡发芹诗歌艺术初探》。）

# 序四　丹心墨色，雅韵红楼

## 路云飞

招信古邑，克考曹公。轩辕其祖，汉宰遗风；魏武之裔，芹溪同宗。

其人也，性耽佳句，文山久卧；其业也，蚕吐春丝，杏坛初归。行仲尼正道，怀三间胸襟，看花半意趣，饮小醉清馨；哀天灾多发，悯人祸乃频，怜学子辛苦，恨己力渺泯。

惯写江山气象，常启时代隐微。因感千红一窟，续饮万艳同杯。痴品红楼，潜心无怠；勤耕纸砚，抱恙不馁。摩石头笔墨，咏冰姿玉骨、峥嵘倜傥；揣芹围心情，斥污眉秽眼、魑魅魍魉。深研细读，广纳百家雅集；序类归群，自度数曲新章。歌啸评唱，五又余年；词曲联赋，千二百韵。韫玉韬光，述沧桑惆怅；握瑜怀瑾，写薄幸炎凉。吟篇琢句，触情随分；敲骨吸髓，取意无心。偶得之不喜，既失之未悲。

吾与曹公，觌面仅再。一与皖东诗文盛会，一游千秋红草湖园。网睹才情，酒见天真。乘槎问渡，内外有辨；负幽栖志，宠辱忘身。盖人之一世，亦如红楼，长短皆梦，假真终虚。惟梦分黑白，人有舍趋。公源通活水，篱种霜菊；宁静守定，淡泊无取。一片丹心凝墨色，数曲雅韵品红楼。贤哉其人，美哉其文！

子曰：以文会友，以友辅仁。前曹公见嘱，为之题序。吾固惶惶，然亦欣欣。以不才之笔，忝华章之间，吾之幸矣！为记。

2015年8月于天长

（作者简介：路云飞，女，安徽全椒人，中华诗词学会会员，安徽省作协会员，天长市政协委员，红学爱好者。现为天长中学高级语文教师。）

# 自　序

　　少时读《红楼》，囫囵吞枣，不解其味。摄艳猎奇，贪求短暂新鲜；斩头截尾，放逐一时快慰。掠影浮光，将身点地而收；珍馐美馔，举箸浅尝辄止。走马观花，抬头柳绿花红；登堂入室，满眼金迷纸醉。看热闹、人云亦云，游大观、彼乐且乐。坦然自乐，悠然自得，无非儿女幽情；天道行焉，人道重矣，岂问盛衰道理？心浮气躁，半解半知；学浅才疏，无根无蒂。掇藻摛文，化为海市蜃楼；庄周蝶枕，不过蚁柯梦寐。心路留痕，或淡或浓；青春有迹，或悲或喜。

　　壮年赏《红楼》，细嚼慢咽，难谕其旨。年逾不惑，俗累多牵，怅恨人间万事休；谁驻流光，沧桑空嗟，重温才子千秋墨。工暇时读《红楼》，百读不烦；闲谈中聊《红楼》，长聊无疲。进修时，专业研究选《红楼》，兴趣之所致；教学中，课程赏析探《红楼》，职业之所系。奇书经典，文字固然精美绝伦；假语真言，卷中自是浮疑曲笔。间有瑕疵，偶或脱漏，石文断续，不可考绎。才羞肠腹，学困绌缲；执经问难，宿师何觅？

　　老来迷《红楼》，敲骨吸髓，几多感喟。一生如梦幡然悟，四十年来辨是非。碌碌无闻，皆因生计；老之将至，与红久违。未登泰岳，不觉家山矮小；熟读《红楼》，始知一己卑微。不惟脍炙人口，亦且镌刻心扉。读到警醒处，不想着迷亦着迷：迷离境界，如梦如幻；诡谲意象，或显或晦。山水人物，亦真亦假；歌赋诗词，令痴令醉。是谓精彩、精妙、精粹！

而今品《红楼》，含酸茹苦，亦觉快慰。虔心红学，辛勤数载；闲品《红楼》，灵海一空。极顶高峰，风清月朗；新鲜史笔，意邃辞雄。无心效法脂斋，评批圈点；着意倾情原著，融会贯通。草创诗词曲赋千余韵，抛砖引玉；书成《千韵品红》十万言，点睛画龙。虽云东施效颦、袭人故智，自谓灵虚有迹、情发隐衷。苍颜客老，追梦人悲；聪明觉悟，各自随风。谨作此赋，权以代序。诗曰：

每读《红楼》总不同，人生况味蕴其中。
痴人笑我吟红字，我岂甘心做寿翁？

2015年3月于安徽明光

# 凡　例

一、题曰《千韵品红》，收录作者品读《红楼梦》所作诗、词、曲、赋、联等五种韵体作品1200余韵，从情节、人物、环境诸方面，全方位、立体化地对原作进行品味、解读。本以《脂砚斋评石头记》80回本为蓝本，兼及120回本。

二、所收录品红诗七绝600首，收录品红词244阕、品红曲265支、品红联120副、品红赋5篇（其中《品红赋》用作自序），凡1234韵。

三、品红诗依《平水韵》，偶有用《中华新韵》者。其内容：序诗40首；分回品读560首，其中前80回480首，每回6首，后40回80首，每回2首。

四、词牌依《钦定词谱》，偶有用《白香词谱》者；词韵均依《词林正韵》。共用词牌近200个，且针对人物各自的个性选择相应的词牌，如林黛玉选用《扬州慢》《潇湘神》《烛影摇红》《鹧鸪天》等，贾探春选择《探春慢》《探芳信》《探春令》《芭蕉雨》等。其内容为评点女性人物，以金陵十二钗为目，分为正册、副册、又副册、三副册……至七副册和外册，共九册，每册12人，凡108人。

五、曲牌依《北曲新谱》和《元曲谱》，偶用《常用散曲小令曲谱》，以元人北曲，分宫调排列；曲韵一律依《中原音韵》。其内容为评点男性人物，根据各人在书中的地位分类，如《红楼六道隐》《红楼八美男》《金陵十雅士》《贾门十老》《贾门十二少》

《贾府十二小厮》等十五类，有名有姓者112人，曲牌265支。因北曲中能独立运用的小令曲牌只有百余个，而112个人物，如只用百十个曲牌，势必造成很多重复，故因袭明清采用从散套中"摘调"的方式，以扩大其范围，并注明"摘调"。

六、楹联一律依《联律通则》属对格式，如字法中的叠语、嵌字、衔字，音法中的借音、谐音、联绵，词法中的互成、交股、转品，句法中的当句、鼎足、流水等，凡符合传统修辞对格，即可视为成对。

七、辞赋5篇：《品红赋》用作《自序》，其余为《红楼梦赋》《金陵十二钗赋》《大观园赋》《曹雪芹赋》，为概括全书统领，从《红楼梦》作者、情节、人物、环境以及笔者品读《红楼梦》感悟等方面，浓缩本书精华。

八、除《自序》外，有客序4篇，分别为红学家、红学研究者、红学爱好者，有大学教授，有中学语文教师，其序文对全书作了全面而详尽的介绍、评价，可作为阅读赏析钥匙，对全书有个大概了解。

九、本书题名者为中国红楼梦学的会常务理事、副秘书长，当代红学家任晓辉先生，承蒙对本书厚爱与支持。

十、为读者阅读本书方便，将《红楼梦》120回回目，附录于后。

# 目录 contents

## 品红联

## 品红赋

# 千韵品红·序曲

——仿曹雪芹《红楼梦曲》

## 【《红楼梦》引】

试问宁荣，几多情种？千红窟百艳相逢。都来自大荒山，无稽崖，青埂峰，万境皆空。有情僧，传奇一部无情梦！

## 【红楼梦曲·品红序】

说不完悲金悼玉的《红楼梦》，道不明沥血呕心的芹圃公。理不清、草绳灰线裙钗众。悟不了真幻与色空。叹不止戚戚悲悲饮恨终，忘不了情情爱爱风流纵。放不下那情衷，捂不得那伤痛。呀！却让我割不断哀思累累，禁不住敬意浓浓，敬意浓浓！

## 【终身误·叹群钗】

《石头记》情色生空，《风月鉴》太虚游梦。君不见大观园里埋花冢？君莫忘吴地灵岩馆娃宫。自古云卑微切莫攀龙凤，人道是薄命美人，到头来不过一场空！

## 【枉凝眉·叹雨村】

说什么同祖同宗，说什么遗德遗风。冷暖看人情，时遭逆境自卑躬；交往处人心，当临大难谁相共？只记得旧日尊荣，忘却了微时恩宠。骂一声丧家犬，叹一声可怜虫！想当年攀附侯门认同宗，看今日柱读道经，却背离道统！

## 【恨无常·叹贾母】

想一生寿永，盼千秋称颂，却为何命薄不终？便栖居楼房千栋，到头来荒丘一垄。愿子孙个个皆龙凤，平步直上苍穹，殊不知富贵得来谁无种？

## 【分骨肉·悲探春】

亲情难舍古今同，最怕的是生离，泪如潮涌。想此后作飘蓬，念爹娘，驾远儿心痛。贵贱生来都是命，何必说穷通？将行何急急，离去也匆匆。别二老，念宁荣。

## 【乐中悲·叹熙凤】

何须说，无愧凤中龙；不虚言，合族追捧。幸生来，侯门小姐气峥嵘；凭干才，叱咤风云，管家兼统。便时时色厉言狂更敛容，真可谓双目沉泓，八面玲珑。弄权术，算尽机关逞骄纵；藏笑脸，虚与委蛇，言不由衷。威赫赫诸事必亲躬，的是女奸雄！

## 【世难容·叹妙玉】

暮鼓伴晨钟，孤灯照雅容。展仙姿，槛外令人倾。栊翠庵雪瑞映梅红，道骨透晶莹；小道姑折枝吟三弄，放傲笑东风。只可叹，色身怎得超俗世？尤抱憾，洁圣难能有善终。谁料得一遭末劫切肤痛，留遗恨千金玉体污淖共。这端的冰清玉洁世难容！

## 【聪明累·叹晴雯】

心高身贱命中穷，太聪明，遭灾犯众。痴情犹净洁，钗影亦朦胧。霁月相逢，徒落个彩云散尽半天空。枉费了补金裘的一片心，好似那煮黄粱的三更梦。意绵绵却好事终，情切切正芳心动。蒙，多情公子诔芙蓉。掩书卷，心犹痛！

## 【留余庆·赞村姬】

结鸾凤，结鸾凤，幸入宁荣；打秋风，打秋风，攒得阴功。接贤宾不论贫穷，留余庆且看峥嵘！莫道苍天无眼，祸福相通。

## 【晚韶华·叹贾政】

饱学填胸，儒术精通。心系功名，相时而动！再休言望子成龙。戴簪缨，悬金印，只依仗栖梧彩凤。有道是：清谈枉作事皆空，还需要积德攒阴功。势炎炎道貌从容，威赫赫峨冠高耸，金灿灿俸禄千钟，空荡荡南柯一梦！算古来圣哲几时逢？都不过浪虚名，后世谁称颂？

## 【飞鸟各投林·收尾】

做官的追逐官封，贪欲的欲壑难填充。为善的幸得善终，作恶的夜生噩梦。显贵的大厦倾，卑贱的情义重。河西十载又河东，受伤痛定还思痛。离合聚散或穷通，兴衰祸福同舟共。随缘的一世尊荣，安分的万人称颂。俗话说：山水总相逢，即便是，赫煊煊得势别骄纵！

## 【好事终·煞尾】

《红楼》读罢意无穷。既尊崇，尤畏敬，自是本家的宗统。续貂狗尾相与共，待振家声好事终。草木总随风！

品红诗

# 总题·红楼评赞

## （一）

奇书匠著石春秋，二百年来说未休。
怨女痴男风月鉴，怀金悼玉说红楼。

## （二）

蕴宝藏珍自裕如，空前绝后立声誉。
精研一部《红楼梦》，足抵千家圣哲书！

## （三）

真真假假诉悲欢，色色空空等量观。
富贵荣华皆幻影，红颜薄命泪阑干。

## （四）

鸿篇伟志铸情痴，博大醇精造语奇。
实实虚虚才子梦，潇潇洒洒艳闺辞。

## （五）

佳人才子共朱门，孽债鸳情怨女魂。
晚照祥云空有彩，镜花水月了无痕。

## （六）

幻境荒唐假亦真，朱颜黄土掩娇身。
聪明觉悟谁能尽？都是《红楼梦》里人。

## （七）

阅尽金陵十二钗，群芳竞艳放情怀。
都云作者红颜友，谁识知音脂砚斋？

## （八）

假语村言逾百编，十年披阅一情牵。
星星血渍凝脂砚，字字心酸泪湿笺。

## （九）

庄骚左史叹丁零，朱墨汗青沁血腥。
醉梦千秋宁有待，红楼一曲与谁听？

## （十）

十载披红近似痴，勾魂摄魄岂为私？
才情未尽心枯竭，后世文人共敬之。

## （十一）

未展风华鬓已秋，披肝沥胆泪横流。
心丝编织《红楼梦》，粪土当年万户侯。

## （十二）

读者皆云作者痴，村言假语似离奇。
苍颜客老红颜泪，筑梦人悲别梦辞。

## （十三）

绳床瓦灶著春秋，血泪淋漓志未酬。
辛苦十年吟雅韵，文章千古著风流。

## （十四）

始自痴迷终觉悟，方舟一苇求津渡。
回头审视来时路，缘解三生有定数。

## （十五）

顶级文豪世举谁？雪芹一梦铸丰碑。

莎翁此后免称冠，托氏名头亦逊之。

## （十六）

为情颠倒似芹溪，泣血淋漓乌夜啼。
冷魄香魂萤绰绰，红颜白骨草萋萋。

## （十七）

情赋红楼暗恨生，璨花簧舌巧如莺。
藕丝莲性真无价，絮果兰因总系情。

## （十八）

冀北江南鹤瘦翁，曹霑心比万夫雄。
采芹人枕庄周梦，十载辛勤百世功。

## （十九）

生吞活剥是书痴，开卷寻珍觅诡奇。
莫把红楼风月看，新鲜史笔作雄辞。

# 总题·品红感识

## （二十）

极顶登高最放怀，评红说梦效脂斋。
逐回题咏诗词赋，活现随吟宝黛钗。

## （二十一）

虔心红学亦无邪，绝不沽名托大家。
万木丛中寻极品，百花园里赏奇葩。

## （二十二）

一梦红楼二百年，正因写实转新鲜。
雪芹与我同宗祖，文运渊源脉络连。

## （二十三）

红学分流数十支，纷纭众说更迷离。
潜心研读依文本，不作牵强闪烁词。

## （二十四）

少读红楼止浅尝，中年走马掠风光。
老来闲品浓滋味，赋语诗言忝大方。

## （二十五）

拙笔耕耘老所归，权将夕照作朝晖。
红楼读罢幡然悟，四十年来辨是非。

## （二十六）

闲将余暇付心痴，半罐叮当我亦知。
前辈情倾风月鉴，晚生妄作品红辞。

## （二十七）

漫游红海拾珍珠，悦目清心窃自娱。
蠡测管窥羞浅陋，愚夫醒梦灌醍醐。

## （二十八）

十载辛勤日未休，千章诗赋话红楼。
倾情着意抽筋绛，酌句斟词点眼眸。

## （二十九）

酸甜苦辣在心头，世态人情眼底收。

鄙俗怎知心底事？悠闲谁解梦中愁？

## （三十）

红楼百读泪涔涔，药石医人费苦心。
热血盈腔谁眷赏？簧门讵几是知音？

## （三十一）

红楼一梦说纷纭，恨不同侪识雪芹。
杨意无缘期邂逅，侯嬴难遇信陵君。

## （三十二）

品读潜心未抑沦，权当遵命付艰辛。
三杯老酒同诗祭，一代新人步后尘。

## （三十三）

评红题咏百千家，惜玉悲钗漫叹嗟。
拔刺栽花多共识，披金沥石浪淘沙。

## （三十四）

纵观前代品红楼，本事题吟喋不休。
着眼悲欢权画饼，无非飘瓦作虚舟。

## （三十五）

浮光掠影品红楼，点水蜻蜓忘惭羞，
欲效方家成大器，菱花镜里鬓知秋。

## （三十六）

荟萃香词醉墨痴，广征博览品红诗。
登高延望家山小，漫步琼林始自卑。

## （三十七）

红楼香梦觉迷津，花影钗音醉老春。
兴寄无端尝苦趣，今生误作评红人。

## （三十八）

山有根基水有源，花能解语石能言。
痴人笑我吟红字，我自甘心入此圈。

## （三十九）

三春阅尽意绸缪，千日辛勤硕果收。
汲取精华观匠作，拈来雅韵品红楼。

# 分题·前八十回

## （一）

### 慨叹甄士隐

分离骨肉举无亲，潦倒金樽作隐沦。

坎坷一生皆若梦，醒来面壁绝红尘。

### 梦幻识通灵

顽石无缘去补天，情僧携去结尘缘。

幻形化作通灵玉，绮梦风流后世传。

### 漫画贾雨村

欲揽风云奋德威，潜蛟祈雨待时飞。

一朝腾达冲霄汉，忘却深恩反背违。

### 风尘怀闺秀

风尘碌碌素清贫，红线偏牵侥幸人。

三笑回眸惊会意，原知善果证前因。

### 情系《石头记》

顽石参灵得大机，幻形入世记传奇。

情僧卖弄谈风月，惹得痴儿怨女悲。

### 醒世《好了歌》

荣辱兴衰逐逝波，功名富贵几何多。

世人争戴乌纱帽，谁解情僧《好了歌》？

## （二）

### 萱折扬州城

萱折维扬弱女衰，椿荣御史赴兰台。

孤枝独木何从去？移向金陵阆苑栽。

### 贾政复失官

落魄曾经恁可叹，葫芦庙里更寒酸。

回眸一顾缘娇杏，处馆原来已失官。

### 相怜六尺孤

假话时飞断仕途，扬州寻馆托形躯。

腾凰只待迎梅雨，同病相怜六尺孤。

### 清谈运劫篇

宦海浮槎恶浪吞，赋闲偶入智通门。

清谈运劫无恒定，悬论正邪有宿根。

### 演说荣国府

旁观冷眼看宁荣，几代兴衰说纵横。

百足秋虫僵后死，三春病木验前征。

### 比对两宝玉

异姓同名共性情，亦真亦假两心倾。

皆言男女分清浊，脂粉花丛浪纵横。

# （三）

## 如海荐西宾

诚因孤女荐西宾，同谱连宗世族亲。

书札一封谋补缺，雨村复出又逢春。

## 雨村步青云

水复山重踏坦途，原身立命系葫芦。

化龙正借逢时雨，平步青云幸未辜。

## 黛玉进贾府

侯门似海觉凄伤，忍把他乡作故乡。

迷眼警心犹却步，寡言慎语几彷徨。

## 初识病西施

两靥潮红扫黛眉，若颦似蹙病西施。

三生石畔灵珠草，一副娇躯碧玉姿。

## 辛嘲痴公子

清癖痴狂似觉呆，寻愁觅恨自生哀。

闲人一阕《西江月》，褒贬斯儿亦怪才。

## 宝黛喜相逢

托孤篱下寄亲情，宝黛相逢赋鹿鸣。

梦里依稀原故旧，因缘木石系前盟。

## （四）

### 补缺应天府

水溯源头树有根，当知廉政报君恩。
前车覆辙休重蹈，莫让蝇头令智昏。

### 堪叹薄命郎

无辜遭难真冤枉，薄命娘逢薄命郎。
天理昭彰天报应，利尘晦暗利勾当。

### 戏说护官符

明镜高悬照仕途，立身须借护官符。
千丝万缕徇情网，利弊权衡势所趋。

### 乱判葫芦案

人命关天岂可偏？逢冤受屈更应怜。
占乩乱判葫芦案，黑手高悬霸主鞭。

### 发配小沙弥

光明殿里暗营私，谄媚逢迎叹可悲。
为虎作伥徒自毙，藏弓烹狗逐沙弥。

### 钗入梨香院

玉洁冰清雪润肌，才人聘选入京师。
投亲寄住梨香院，自此翻浑水一池。

## （五）

### 亲疏宝钗黛

香玉金钗罅隙生，孤高婉顺两分明。
怡红公子尊兄妹，远近亲疏别样情。

### 初识秦可卿

初识香闺羡可卿，眼迷骨软魄魂惊。
仙娥绝艳称兼美，无限风流脉脉情。

### 梦游太虚境

燃藜图画暖香居，公子神游入太虚。
警幻仙姑迷色性，通灵玉璞返真初。

### 指迷十二钗

原应叹息云钗黛，纨凤情亲巧妙姐。
十二红颜悲薄命，三春怨女哭金陵。

### 曲演《红楼梦》

孽海情天作幻游，长歌当哭演红楼。
曲终人散春归去，落叶飘零拾晚秋。

### 意淫秦可卿

孽海情天作梦游，亦真亦幻亦温柔。
与卿淫意留香阁，云雨巫山枉自休。

## （六）

### 初试云雨情

情窦初开梦遗精，巫山云雨试风情。
诚知食色皆天性，花气侵人欲念生。

### 议登宗亲门

开口求人失自尊，难言最是倚朱门。
而今聊顾生存计，小草欣沾雨露恩。

### 一进荣国府

老妪怀羞拜远亲，贫穷富贵说环轮。
阳功阴德留余庆，世事从来有果因。

### 村妪待契机

一进侯门显自卑，眼花缭乱怯迟疑。
谨言慎语摧眉眼，村妪攻关待契机。

### 蓉儿借炕屏

东府蓉儿借炕屏，言辞吞吐透温馨。
秋波闪闪心神会，慧眼频频意俊灵。

## （七）

### 宝钗谈药理

巧雨逢时碾雪丹，素花调制冷香丸。
海方偏可除温毒，灵药焉能去积寒？

## 贾琏戏熙凤

贾琏戏凤日喧吟，琴瑟和谐振玉音。
正值青春尤浪漫，何当枕席两倾心？

## 姨妈赠宫花

薛姨着意赠宫花，周嫂奔波四五家。
十二花容真作假，仿摹未许一些差。

## 黛玉使小性

为选宫花妄自尊，天生小性带伤痕。
迎风怕见青红眼，偏执孤高致病根。

## 宝玉会秦钟

惺惺情友惜情钟，意气相投水乳融。
年少风流何贵贱，交逢未必混鱼龙。

## 焦大骂宁府

宁荣两府各西东，逸散腥臊腐秽风，
焦大胡言伦乱事，亦明亦暗亦朦胧。

## （八）

## 金玉非良缘

堪叹二宝锁情天，莫道癫僧一线牵。
八字成双虽绝对，谁言金玉即良缘？

## 二玉探宝钗

依红偎绿两痴情，青埂峰旁木石盟。
最是心仪真不假，雎鸠默契共和鸣。

### 黛玉半含酸

含酸半是为情伤，公子劳心转曲肠。
只道多磨终好事，金簪有彩玉无光。

### 冷暖梨香院

梨香院里酌香醪，火暖寒炉冷酒杯。
即兴犟儿偏助兴，姨妈留客奶妈催。

### 喜怒绛芸轩

晴雯贴字绛芸轩，渥手牵情不尽言。
公子掷杯嗔电怒，无端喜乐泄忧烦。

### 秦钟入家塾

秦钟入塾话渊源，故旧亲家不讳言。
情友同窗情契合，云龙显影映鸳鸯。

## （九）

### 袭人劝读书

侍婢温柔劝读书，唯唯诺诺志踌躇。
和风细雨情真切，公子担名实就虚。

### 辞行听教诲

红楼不恋就书房，道是家严教有方。
申斥童奴时督促，哀心恨铁不成钢。

### 情友马脱缰

要强奋志笑荒唐，情友相随马脱缰。
伙伴同窗胶如漆，心思岂在读文章？

### 争风起嫌疑

争风吃醋意绸缪，觅臭追香气味投。
野草闲花生罅隙，凤雏混迹伴斑鸠。

### 金荣争闲事

冤家孽障一相逢，毕竟龆年意气浓。
贵贱贤愚终有别，金荣何必惹秦钟？

### 群顽闹学堂

风流情种逐风流，玉爱香怜耻不羞。
两派争风相对立，群顽闹学乱纠纠。

## （十）

### 挟怨愤不平

挟怨鸣冤愤未平，为争颜面气闲生。
既知关节休张口，何必柔声掩屈情？

### 贪利权受辱

甘心受辱自吞声，弱势如何谴不平？
一步天宽多退路，三思行慎少纷争。

### 怜媳乱投医

公婆怜媳费心思，肝胆如焚火燎眉。
橘井杏林皆访遍，人云病急乱投医。

### 太医弄玄虚

太医把脉说盈虚，卖弄高深去本初。
枉道阴阳亏气血，无非生克五行书。

### 把脉下妙方

脉案源清下妙方，怎医心病在膏肓？
养荣益气肝脾利，仙药无能愈内伤。

### 穷源探病根

迷离身世几人知？情郁于中却为谁？
纵有良方难救命，"春分"不度玉魂悲。

# （十一）

### 贾敬学神仙

潜心修道学神仙，不计凡身几许年。
欲遁红尘期羽化，天台有路却无缘。

### 宁府排家宴

寿翁不至礼先行，家宴依然鼓乐鸣。
插曲数支悲共喜，迷心莫若爱和情。

### 祝寿点戏文

双官唱罢点《还魂》，一曲《弹词》渍泪痕。
句句戏文皆谶语，声声韵调哭侯门。

### 凤姐探可卿

惺惺怜惜意相通，尊贵加身命不同。
抚慰由衷情切切，回归在劫色空空。

### 贾瑞起淫心

欲火烧身入误区，蛇心毒妇引歧途。
情痴情惑陷情阵，色胆色天做色奴。

### 凤姐藏杀机

色字抬头一把刀，动心在劫亦难逃。
天祥自是风流鬼，凤姐藏奸结死缘。

## （十二）

### 戏说贾天祥

身世孤零父母亡，高门大户亦书香。
少年食色皆天性，未作情殇作色殇。

### 毒设相思局

擒虎封山覆铁笼，引狼入室备雕弓。
凤哥毒设相思局，贾瑞偏钻棘棘丛。

### 可恶王熙凤

贾瑞犹如癞蛤蟆，本当正色斥淫邪。
不该引逗迷心智，阿凤藏奸胜毒蛇。

### 堪叹贾天祥

示爱求欢岂顾身？风流到死不知因。
相思误入相思局，堪叹相思梦里人。

### 正照风月鉴

淫邪切莫惹膻腥，情色如刀割性灵。
正照无边风月鉴，孽天情海哭伶仃。

### 情撰墓志铭

情色缠身智若零，十分醉意酒难醒。
甘当花下风流鬼，谁撰冤魂墓志铭？

## （十三）

### 魂归太虚境

魂归警幻殒天香，气傲心高命不强。
花落污泥难洁净，性情无忌被情伤。

### 托梦寄相知

临终托梦寄相知，盛宴欢欣有散时。
未雨绸缪寻退路，荣衰应兆占先机。

### 痛媳匪夷思

殒命归天举族悲，贾珍痛媳亦离奇。
奢华恣意常情事，代死轻生匪所思。

### 殉主悲义婢

殉主亡身赴九冥，披麻领路作螟蛉。
双珠义薄云天外，二女怀恩大德馨。

### 死封龙禁尉

盖棺羞论叹秦卿，博得生前死后荣。
淡看捐封龙禁尉，人伦道德辱牺牲。

### 揽事理秦丧

决伐精明坐钓台，最能揽事卖高才。
弄权两府游余刃，八面玲珑胆放开。

# （十四）

### 协理宁国府

治丧宁府显才能，责任包干定奖惩。
立信立威威赫赫，管人管事事兢兢。

### 点卯三把火

杀威必得破陈规，调度无方总扯皮。
上任新官三把火，懒婆旧习一风吹。

### 哭灵惺惺惺

哭卿彻痛出于心，识性投缘泪不禁。
自古惺惺相爱惜，莫非同病结知音？

### 洒泪哭椿庭

萱堂先失又椿庭，孑立伶仃似转萍。
暗洒闲抛多少泪，扬州北望寄寒星。

### 送殡铁槛寺

豪门送殡恁排场，次第公侯八大王。
十面威风扬显赫，一朝破落叹凄惶。

### 路谒北静王

玉粹冰清合水溶，神交心会若重逢。
惺惺相惜劳相赠，仰止弥高不附庸。

## （十五）

### 牵手英雄会

原非故旧遇新知，才俊英雄见恨迟。

公子王孙情意合，龙驹虎犊友而师。

### 礼赠香念珠

郡王钟爱赠香珠，宝玉通灵赞绝殊。

到底世交情结厚，两家同命共荣枯。

### 弄权铁槛寺

老尼挑逗舌如簧，阿凤钻营嗜逞强。

仗势弄权坑两命，伤天害理拆鸳鸯。

### 感慨王熙凤

茫茫人海寄尘埃，碌碌皆为俗利来。

贤圣难修真善美，豪强仰仗势权财。

### 得趣馒头庵

鲸卿年少弄荒唐，情窦初开觅野芳。

水月庵中风月事，云烟丘壑两茫茫。

### 意牵二丫头

驻息农庄别有天，桃源境界亦新鲜。

村姑未逊金闺秀，纺线丫头不胜缘。

## （十六）

### 才选凤藻宫

东宫才选贵王妃，喜报传来耀户扉。

奉孝为先呼圣德，倚门翘首盼荣归。

### 筹建大观园

一门上下费精神，两院筹谋备省亲。

何惜全倾财物力，显荣为接庙堂人。

### 归来林妹妹

望穿秋水日徘徊，妹妹归来再不回。

椿折萱枯何所怙？独吾羽翼可依偎。

### 赵妪讨情分

小事区区重几何？伶牙小动未多磨。

敢因反哺如乌鹊，为报亲恩助奶哥。

### 天逝黄泉路

啜露贪欢论色空，秦钟难免为情终。

巫山云雨何滋味？嫩草鲜花折異风。

### 情追梦里人

情终到死不抽身，为见相知梦里人。

自古阴阳皆一理，冥司贵贱等凡尘。

## （十七）

### 含恨哭相知

弦瑟音稀叹世痴，黄泉路远哭相知。
终情未必情终了，悔恨常因恨悔迟。

### 告竣省亲园

元春归省步行踪，圣德亲情复意浓。
别墅堂皇迎凤辇，天伦骨肉盼重逢。

### 引客游大观

引客游园叹大观，风光处处任盘桓。
亭台馆阁星罗布，山水林泉秀色餐。

### 考才难公子

考才早已露风声，应对何求得令名？
清客夸誉虚俗套，家严褒贬亦心惊。

### 题联试牛刀

拟额题联意气豪，怡红公子试牛刀。
经纶满腹何愚钝？信手拈来笑尔曹。

### 归省庆元宵

题言归省庆元宵，未见全文此目标。
莫道书家无体制，章回分切读先条。

# （十八）

### 黛玉剪佩

无端置气太多疑，铰断香囊笑两痴。
僻性根源因小性，心丝原本是情丝。

### 妙玉来归

妙玉来归素所期，胭脂队里比丘尼。
佛门寂寞追庄老，槛外人生亦可悲。

### 元妃省亲

皇恩雨露泽人伦，共庆元宵得省亲。
咫尺天涯心比近，分离骨肉幸荣身。

### 群芳会艳

浩荡东风景物鲜，嫣红姹紫艳阳天。
三春伊始群芳会，警幻仙姝俗世缘。

### 姐妹题诗

试才题咏大观园，文采风流不尽言。
万象凝晖皆造化，情生景物脱篱樊。

### 宝玉展才

富贵闲人绛洞来，群芳映照展诗才。
天生尤物舒灵性，取法前人自脱胎。

## （十九）

### 宁府演鬼神

省亲闹罢闹元春，宁府嘈嘈演鬼神。
号佛扬幡纷热乱，空虚唯独冷痴人。

### 探视情切切

切切心牵素色花，出城探视袭人家。
寒门草舍融春意，肺腑浓情胜酽茶。

### 良宵花解语

箴言千句合双心，然诺三章抵万金。
共度良宵花解语，同偎红烛月知音。

### 共卧意绵绵

痴迷双玉两相怜，耳鬓厮磨木石缘。
颦笑开怀情脉脉，嬉谐打趣意绵绵。

### 静日玉生香

宝黛痴情植宿根，若离若即醉酥魂。
太虚滴露滋灵草，静日生香润泪痕。

### 情玉识知音

公子偏依富贵家，风流脱俗鄙乌纱。
知音唯有生香玉，识性无如解语花。

# （二十）

### 乳母骂袭人

乳儿侍母若亲尊，乌鹊犹思反哺恩。

莫道无端生妒忌，横刀夺爱动心根。

### 凤姐弹妒意

妒花妒玉妒钗裙，小肚鸡肠亦忍闻。

爱恨情仇如水火，调谐哪得示温文？

### 晴雯讽麝月

少年公子性无邪，素日心倾戴露花。

对镜梳头邀麝月，晴雯讽妒又磨牙。

### 黛玉醋湘云

酸情醋意复纷纭，小性心高不合群。

亲未间疏公子诀，温柔耐得付殷勤。

### 贾环耍无赖

骈阗博弈羞翻脸，狡慧痴虫诈小钱。

稚蠢狎邪真猥琐，顽儿无赖亦堪怜。

### 俏语谑娇音

平生命里忌言金，项锁麒麟最惕心。

咬舌湘云偏说爱，颦卿俏语谑娇音。

## （二十一）

### 痴公子撒娇

痴情公子爱撒娇，剩水残香岂可抛？
梳枇无猜犹竹马，青梅未熟折蛮腰。

### 贤袭人箴玉

嗔语囫囵本捏酸，劝君勒马掉头难。
袭人花气堪回味，岂与知音等量观？

### 多姑娘煽情

天生淫荡浪婆娑，转嫁三夫野汉多。
男子挨身筋骨软，风情热烈漾秋波。

### 浪贾琏惹腥

纵欲贪欢采野芳，俗言饭菜隔锅香。
饿狼觅食餐饥鼠，露水鸳鸯不择床。

## （二十二）

### 宝钗筹生日

生日将临讯息传，宝钗已近及笄年。
捐资办戏偏倾向，孤女含酸抑寡欢。

### 戏外惹纷争

听戏难谐戏外音，戏言一句似芒针。
人知情剑皆双刃，反创金闺淑女心。

### 宝玉悟禅机

参禅悟道学庄周，一偈一词枉自休。
障目得无疏近远，回头说甚喜悲愁？

### 黛玉续禅偈

宝玉参禅自妄庸，颦儿续偈露机锋。
立无足境方干净，道本空灵佛在胸。

### 灯迷兆离情

一声爆竹震天惊，单凤离枝怨别情。
灯谜谶言如写照，阴阳算尽借光明。

### 贾政悲谶语

断线风筝若引幡，禅机谶语惹心烦。
欲倾大厦先征兆，尽散猢狲有预言。

## （二十三）

### 群芳入新园

仲春甫过花朝后，浩荡东风丽日暄。
万紫千红开不尽，群芳竞艳大观园。

### 公子主怡红

元妃手谕赐园居，入主怡红静读书。
恰似游鱼欣放浪，洞开情窦正鬌初。

### 宝玉咏四时

公子怡情咏四时，抒怀即事自成诗。
春风得意扬名气，富贵闲人乐不支。

艳曲警芳心
困情落魄亦销魂，妙曲奇文种病根。
才女诗童肝胆照，思春惊梦烙心痕。

## （二十四）

开口告人难
窘迫登门总托词，横眉冷眼实堪悲。
世间只认钱亲眷，饱汉何知饿汉饥。

轻财尚义侠
至亲伪善令心寒，义侠轻财见胆肝。
惯看炎凉知冷暖，感恩济困解危难。

请安拜宝玉
为攀富贵亦离奇，幼叔轻狂侄作儿。
应变随机伶俐齿，附身仰视占高枝。

谋事费心机
为谋差事费心机，蜜语甜言口不离。
练达人情通世俗，求人何必论尊卑。

弄巧识小红
有意跻身身受累，无心攀柳柳随风。
缘非定数空奢望，红玉芸哥两善终。

遗帕惹相思
公子多情鹊踏枝，小红遗帕惹相思。
红楼一梦风流愿，三分姻缘七分痴。

# （二十五）

### 醋火烹烈油

醋火烹油脸灼伤，飞灾引祸毒心肠。
歹儿妒母遂心愿，未息风波又遭殃。

### 鬼蜮使伎俩

姨娘嫉恨再兴波，狼狈为奸马道婆。
作法行巫招鬼蜮，伤天害理却为何？

### 姊弟逢五鬼

祸福无门所自开，邪祟引得鬼狐来。
欢情俗欲皆魔障，魔昧迷魂种祸胎。

### 正邪相对峙

正邪对峙搭平台，声色迷人货利哀。
巫蛊骗财阴手段，道僧虚幻说蓬莱。

### 通灵遇双真

情毒滋生玉不灵，青峰顽石化原形。
缘因声色蒙污垢，经历繁华醉未醒。

# （二十六）

### 设言传心事

遗帕融情结宿缘，蜂腰桥畔寸心传。
怡红快绿春消息，咫尺相思一线牵。

### 贾兰习骑射

贾兰逐鹿正逡巡，梦里功名自在身。
习射练骑原正事，谁言富贵必闲人？

### 薛蟠诳宝玉

无心诳玉弄惊慌，造势原来品酒浆。
雅客相逢因送别，薛蟠别字笑庚黄。

### 春困发幽情

潇湘春困发幽情，戏语撩人绮梦惊。
长叹心声谁卒读？唯求木石互相生。

### 夜访生嫌隙

丫头使性费详猜，几扣红楼户未开。
嫌隙从来生妒忌，香腮酸泪冷苍苔。

## （二十七）

### 群芳饯花神

群芳芒种饯花神，绣带旌旄耀日轮。
红瘦绿肥佳木秀，娇姿丽影倩妆新。

### 凤姐用红玉

乖巧玲珑善令辞，卑微却欲占高枝。
口声简练低眉眼，心气含收蹈矩规。

### 兄妹话体己

做人本色始原初，习近情投性可居。
说甚尊卑分正庶，相知何必论亲疏？

### 飞燕泣残红

残红曼舞影憧憧，愁绪萦怀若转蓬。
花冢有情埋艳骨，芳心无着怨东风。

### 再读《葬花词》

心诗似谶果成真，了却前生泣后身。
呼唤绛珠魂一缕，怡红还泪润三春。

## （二十八）

### 含悲倾肺腑

掏肝摘胆忆当初，两小无猜共一居。
恨作痴情东逝水，真心实意总凭虚。

### 解疑释嫌隙

明暗秋波含妒意，蛾眉常蹙最堪怜。
拨云见日前嫌释，又接心弦续断弦。

### 宴唱悲喜愁

少年公子乐蹉跎，富贵闲人对酒歌。
雅俗参差良莠并，鱼龙混杂浪吟哦。

### 情赠茜香罗

姻缘暗示茜香罗，契友双交两着魔。
酬赠无端情契合，岂知此物惹风波？

### 分赐打醮礼

元妃赏赐礼偏差，疏黛亲钗似笼纱。
更惑太君微属意，婚冠底事落谁家？

### 羞笼红麝串

金玉良缘作谶言，遂驱意马逐心猿。

杨妃扼腕羞红麝，呆雁遐思羡秀媛。

# （二十九）

### 福深还祷福

颓年黄耄未龙钟，遐寿人称老祖宗。

身在福中祈幸福，心开事外放襟胸。

### 打醮清虚观

元妃打醮恁排场，赫赫扬扬耀瑞光。

到底豪门逞显贵，清虚疑是白云乡。

### 神前拈戏目

神前拈戏乐中悲，梦里惊魂兆兴衰。

开国功臣床满笏，从来盛极待亡时。

### 宝玉揣麒麟

贺礼呈来集妙珍，注情着意选麒麟。

多心偏遇剜心事，嫌隙人前假亦真。

### 道士说婚姻

清虚道士说婚姻，金玉无言木石珍。

瞋目麒麟生醋意，谁怜馆外葬花人。

### 情重愈斟情

宝黛痴情一线牵，悬肠挂肚倍熬煎。

朝朝暮暮几多泪，雨雨风风若许年。

## （三十）

### 负荆求谅解

闲气多心口角争，负荆请罪一波平。
慎情尤甚真情误，灵性无差小性生。

### 拭泪抛鲛绡

兄妹嫌微只放娇，闲抛热泪试鲛绡。
原来无限烦心事，都作浮云一抹销。

### 借扇敲双玉

多事殷勤说体丰，杨妃闷气抑心胸。
旁从借扇双敲击，剧目争鸣一怒冲。

### 调笑戏金钏

玉哥调笑李桃嫌，金钏无辜被痛砭。
谁纵娇儿无约束？丫鬟绝命护尊严。

### 画蔷说两痴

枉自痴情泪两汪，蔷薇架下画千"蔷"。
金簪泣诉金钗怨，局内凄迷局外伤。

### 迁怒踹袭人

无情雨打落汤鸡，花袭人挨乳虎蹄。
忍辱哪堪心冷寂，呕心沥血亦悲凄。

# （三十一）

## 端午伤家宴

端阳家宴显悲凉，聚散匆匆亦感伤。
蒲艾驱邪心落寞，雄黄避毒冷觥筹。

## 晴雯嗔袭人

红楼口角斗频频，跌扇晴雯呕袭人。
带棒夹枪鸣不忿，亦痴亦怒亦娇嗔。

## 红颜撕画扇

圣贤爱物乐舒心，雅兴风流贵赏音。
为博红颜添一笑，何思纸扇值千金？

## 戒指赠闺英

湘云自是鬼灵精，小惠微恩博好名。
留得青山栽大树，绛纹石记故人情。

## 湘云论阴阳

天道原情二气扬，乾坤万物赋阴阳。
家花野草知双性，走兽飞禽入五常。

## 麒麟伏双星

金玉姻缘大不经，湘云归路自枯荣。
双星白首麒麟梦，伏线云云混视听。

# （三十二）

### 云袭话私房
犹记当年暖阁香，闺中道喜话私房。
描神画骨情无限，楚雨湘云路更长。

### 旁听混账话
倚门侧耳暗旁听，嗟喜嗟惊彻性灵。
何必耽耽金玉论，两情脉脉惺惺惺。

### 宝黛诉衷肠
青梅竹马未猜详，刻骨相思抚痛伤。
感遇知音悲运舛，灵犀畅达诉衷肠。

### 情迷活宝玉
情迷心窍竟痴狂，错把花香作玉香。
心事了然倾肺腑，鸿灵洞彻破天荒。

### 刚烈死金钏
金钗落井谶语然，情烈红颜化羽仙。
受辱蒙羞冤似海，心高命薄奈何天！

### 宝钗捐葬衣
练达人情息是非，洞明世事占先机。
死生无忌怜金钏，直把新衣作葬衣。

## （三十三）

### 汗巾事发

东窗事发觅琪官，王府追踪正访看。
咄咄逼人凌盛气，一潭浊水起波澜。

### 贾环鼓舌

翻唇撩舌进谗言，火上浇油烈焰掀。
庶子蒙心掺妒意，姨娘衔恨是根源。

### 公子羞愧

怡红公子惹荒唐，情婢身亡五内伤。
羞愧如何偿孽债？冤魂空伴负心郎。

### 宝玉挨打

家严恨铁未成钢，祖母撕心欲断肠。
四罪唯情遭决挞，三纲卫道系绳缰。

### 贾母训子

训子严威泪满巾，绝情岂顾过来人？
宠孙乃是心头肉，何况都知隔代亲。

### 笞挞探因

笞挞无情事有因，恩仇爱恨乏人伦。
虽云手足生嫌隙，致祸根源在自身。

## （三十四）

### 众人探视

上下纷纷献热忱，轮番探视孰知音？
皮伤骨折连筋络，泪湿情真辨朴心。

### 宝钗送药

送药随情正合宜，温柔微露半含悲。
娇羞怯怯添妩媚，惹得痴人更发痴。

### 黛玉探房

黛玉探房掩迹踪，无声泪渍戚花容。
痴心不贰真情厚，肿眼如桃蜜意浓。

### 袭人献计

叵测居心咬舌根，吹风播雨夜惊魂。
漫言防患消嫌隙，一计偷来没世恩。

### 黛玉题帕

题帕人知赠帕心，凤吟期冀会龙吟。
鲛绡寄语酬牵挂，心脉倾听共振音。

## （三十五）

### 薛蟠明孝悌

性本纯良惹恶名，回知孝悌自真诚。
怀恩德比停机德，兄妹情犹母子情。

### 贾母赞宝钗

散聚闲聊说巧乖，正抛歪着悖幽怀。
有心引赞林中玉，无意频夸雪里钗。

### 傅嬷评宝玉

痴呆为羡傅秋芳，老妪无知话短长。
博爱专情浑不觉，谰言公子臭皮囊。

### 玉钏尝莲羹

甜言蜜语一杯羹，诚至调和慰不平。
冤报何堪缘未尽，不情极致是多情。

### 金莺结梅络

黄莺欲结梅花络，莽玉闲敲话外音。
金线攒珠情笼玉，谁知蓄意抑无心？

## （三十六）

### 候缺争月例

蝇营狗苟费周旋，候缺争谋月份钱。
玉钏双加开旧例，袭人一步上青天。

### 袭人绣鸳鸯

进位升迁入内房，奴才意会绣鸳鸯。
心唯一玉无旁骛，志在双飞比翼翔。

### 宝钗惊梦兆

城府才量比大贤，痴心金玉结良缘。
香闺艳绝群芳冠，淑女情悲警幻天。

### 宝玉论忠良

须眉浊物自沽名，文谏兰台武死兵。
良将忠臣邀节烈，虚仁假义却无情。

### 龄官画蔷字

情爱因缘有独钟，画蔷千遍亦从容。
温馨宠溺培心气，锐利言辞似剑锋。

### 情痴悟情缘

情缘定分莫强牵，有分无缘亦枉然。
爱到至诚犹自恋，明知委曲欲求全。

## （三十七）

### 偶结海棠社

开坛立社聚群芳，秋爽斋前咏海棠。
雅会东山邀逸趣，拟题限韵作诗章。

### 名取风雅韵

潇湘妃子洞花王，雅号令名自放狂。
藕榭菱洲蕉下客，蘅芜君伴稻花香。

### 闲评海棠诗

含蓄雄浑溢冷香，风流别致洁冰霜。
若无二律添姿色，亦枉三秋白海棠。

### 咏赞云钗黛

风骚不逊须眉子，寄兴陶情漫咏怀。
红粉佳人浮怨海，诗魂词骨浪掩埋。

### 妒讽花袭人

秋纹偶得旧衣裳，惹怒晴雯说短长。
骂狗指鸡怀妒忌，袭人甘愿做姨娘。

### 夜拟菊花题

云钗诗话蘅芜苑，夜拟黄花十二题。
别具匠心编菊谱，实虚映衬活芹溪。

## （三十八）

### 藕榭赏秋香

藕榭亭廊聚丽姝，品茶折桂戏鸥凫。
随心纵欲群芳宴，闲赏秋香百美图。

### 品蟹逗雅趣

品蟹寻欢主仆狂，凤姐调侃戏鸳鸯。
涂眉抹脸添生趣，难辨辛酸酒醋姜。

### 吟菊竞群芳

群芳题竞菊花诗，浅唱低吟十二支。
洗尽胭脂清俗气，秋光满眼绽东篱。

### 夺魁菊花诗

噙香咏菊璞归真，题括词工意亦新。
魁首千红诗傲世，秋心一瓣诉红尘。

### 抛砖引玉题

持螯赏桂岂无诗？公子抛砖把契机。

赵燕呵成焚稿底，杨妃讽蟹隐微辞。

### 讽和螃蟹咏

离经背道只横行，性冷皮凉不胜情。

梦里春秋犹似醉，腹中忐忑夜常惊。

## （三十九）

### 李纨评说丫头

宫裁随意品丫头，幕后台前点末由。

只惜贤能皆玩偶，若非怨恨即情仇。

### 刘姥二进荣府

菜蔬瓜果自乡村，报李投桃感旷恩。

莫道不仁因富贵，怜贫惜老看侯门。

### 两老投缘结善

不论贫穷与奢华，密疏远近老亲家。

人生际遇皆缘分，朝凤无何伴暮鸦。

### 公子寻根究底

掌故勾心欲走魂，痴人究底滥寻根。

如花美女迷情水，潮落秋波印迹痕。

### 茗烟寻访古庙

假语村言信作真，女神无觅见瘟神。

痴儿醉入南柯梦，顽石迷情警世人。

## （四十）

### 引游闺秀房

游园恍若入天堂，别致风光在绣房。
简约玲珑皆个性，脂胭粉气亦书香。

### 两宴大观园

村妪二游荣国府，太君两宴大观园。
佳肴美味皆尝遍，苦涩酸甜不尽言。

### 甘当篾片公

姥姥甘当篾片公，丫鬟戏弄自朦胧。
佯憨为博裙钗笑，他乐犹融我乐中。

### 即席抖诙谐

筵酣即席抖诙谐，拊掌昂头乐放怀。
闹剧经营成喜剧，荆钗着意逗金钗。

### 正写金鸳鸯

初次登场意气扬，俨然统帅慨而慷。
三宣酒令开旗鼓，一等丫鬟主雅堂。

### 三宣牙牌令

牙牌逸趣令三行，雅俗相容共七情。
夺主喧宾谐奏曲，笔端游戏发心声。

## （四十一）

### 酒饮黄杨杯

谐趣横生酒作媒，佳肴美味几轮回？

竹根又换黄杨木，更尽头杯又一杯。

### 玉会栊翠庵

寄名警幻识知音，妙美何生玉黛林？

从命二人情会意，品茶三口味舒心。

### 初见槛外人

出身尊贵弃红尘，愤世何称槛外人？

欲洁岂能身独洁？果因还报自沉沦。

### 茶品梅花雪

洁玉冰心野鹤名，佛门虚境悟希声。

翠庵闲品梅花雪，槛外人生世俗情。

### 迷走大观园

醉眼昏花泄秽污，误将别院作浮图。

迷宫曲径何从去？踩步蹒跚老酒徒。

### 醉卧怡红院

醉卧红楼竟不知，野姿憨态失俗仪。

问花碰壁荒唐事，醒酒茫然悔已迟。

## （四十二）

### 赐名贾巧哥

赐名雅俗未敲磨，乞巧生辰正巧哥。
富贵女孙须贱养，逢凶化吉遏风波。

### 村妪满载归

豪门仰望慕甘肥，村妪舒心满载归。
远近亲疏何必论，兴衰祸福自相依。

### 兰语谐情敌

淫书艳曲化癫痴，兰语交心解俗疑。
情敌香闺常计较，而今款契两相知。

### 惜春绘大观

惜春图绘大观园，惹得群钗尽怨言。
亏得蘅芜亲指点，筹谋裁划说纷繁。

### 论画藏丘壑

诗画兼才说大观，胸藏丘壑立标杆。
繁简藏露精斟酌，虚实相宜不抱残。

### 雅谑补余音

何谈戴玉或钗金，木石情缘足感心。
不解残棋无胜局，且听雅谑补余音。

## （四十三）

### 机关算尽

祖母姑婆世俗情，亲疏远近自分明。
机关算尽三生误，哭向金陵一梦惊。

### 攒金庆寿

巧借生辰别有图，贪心无厌敛财奴。
攒金不恤殃孤寡，受礼犹婪较黍铢。

### 茗烟代祝

茗烟乖巧得灵机，为主焚香代祝词。
魂魄有情常眷顾，阴阳两隔慰相知。

### 不了情缘

始放娇葩已落英，昙花一现一枯荣。
最悲沉醉相思梦，难忘浮生不了情。

### 祭奠托谎

子建怀思借洛神，怡红祭奠托何人？
古今才子瞒天谎，射隐何须辨假真？

## （四十四）

### 疑奸审小鬟

凤姐疑奸审小鬟，家门丑事迹斑斑。
从来霸道逞强势，今日蒙羞自赧颜。

### 拈酸打平儿

凤姐霆威倒竖眉，拈酸迁怒妾衔悲。
淫徒借酒犹张胆，平姐陈冤哭向谁？

### 浪子暗偷情

风流本色性痴迷，浪子偷情马失蹄。
纵使淫威严防范，疏篱狗窦自成蹊。

### 泼醋生闹剧

凤姐寿诞牝鸡啼，怒火中烧力竭嘶。
泼醋掀波生闹剧，同床异梦恶夫妻。

### 贾母解纠纷

豪门丑事不新闻，馋嘴偷腥更窃荤。
霸主心头无限恨，谁持公道解纠纷？

### 理妆怡红院

妾身忍辱耻花瓶，公子温柔熨性灵。
花媚玉怜情切切，红装笑理两惺惺。

## （四十五）

### 阿凤助诗社

为诗为画尽热忱，监察捐金助雅吟。
莫道精明谐世故，玻璃肝胆水晶心。

### 李纨抱不平

宫裁刺凤掩口声，戏给平儿抱不平。
看似虚言皆实话，真真假假总关情。

### 钗黛契金兰
知命难熬说病身，春风化雨贵情真。
深闺互剖金兰语，冰释前嫌似暖春。

### 秋窗风雨夕
风狂雨骤暗苍黄，弱柳孱躯倍感伤。
疏竹掩窗悲寂寞，梧桐溅泪滴凄凉。

### 闷制风雨词
敲窗风雨助哀思，景语牵愁吐苦词。
句句含悲沾血泪，声声倾诉却为谁？

### 冒雨访潇湘
风雨侵衣秋夜凉，披蓑戴笠访潇湘。
绿窗诗冷知心病，软语情长化玉霜。

## （四十六）

### 凤姐劝婆
烦事何须费舌唇？旁推侧引自抽身。
玲珑八面精盘算，不做难堪黑脸人。

### 色鬼逼娶妾
荒淫好色辱侯门，量小才疏令智昏。
袭爵未能兴祖业，妄行不肖及儿孙。

### 鸳鸯骂嫂子
鸳鸯骂嫂暗心伤，谁替奴家作主张？
冒贵妄痴攀富贵，姑娘不耻做姨娘。

### 烈女拒婚姻
威逼利诱逼鸳鸯，烈女坚贞拒色狼。
宁可悬梁成怨鬼，欲留高节慰柔肠。

### 贾母责众人
鸳鸯哭誓守终身，贾母呵嗔责众人。
狼狈夫妻阴算计，虚情假孝丧天伦。

## （四十七）

### 贾母斗骨牌
不为赢钱为彩头，斗牌取乐处尊优。
分明演戏当游戏，霸气刚风并济柔。

### 贾赦收嫣红
鸳鸯拒嫁纳嫣红，淫棍贪欢不善终。
半百老牛寻嫩草，贪心浪色做衰翁。

### 赖家宴宾朋
赖府酬宾摆喜筵，薛蟠结识柳湘莲。
少年意气风流事，难得今生不解缘。

### 薛蟠遭苦打
天生富贵继皇商，跋扈飞扬比霸王。
癖性偏邪同性恋，糟糠填满臭皮囊。

### 湘莲走他乡
风流豪侠漫疏狂，绝色优伶冷面郎。
雪辱惩奸敲恶棍，萍踪浪迹走他乡。

# （四十八）

### 薛蟠游艺

滥情舛错夙心收，情误思游暂避羞。
善恶根由皆不论，唯期浪子早回头。

### 雨村讹扇

雨村仗势夺稀珍，悖理欺心祸逸民。
败业坑家因古扇，煽风撩火亦烧身。

### 香菱入园

香菱迁入大观园，端雅风流不尽言。
天意怜人芳草绿，又添骚客兴诗圈。

### 黛玉教诗

论诗格调在奇新，情境和谐意趣真。
取范名家精评点，诲人不倦指迷津。

### 钗黛评诗

香菱吟月费心思，不是离题即失辞。
钗黛指津参北斗，痴人偶得梦中诗。

### 诗痴苦吟

香菱慕雅苦吟诗，悟性通灵贵感知。
学步蹒跚犹放胆，情痴专意更诗痴。

## （四十九）

### 萃芳大观园
群钗会聚大观园，润色增辉雅韵圈。
漫咏雪梅三百句，禅参道德五千言。

### 宝琴逢岫烟
艳绝群芳未自封，隆冬惊现水芙蓉。
雪情不逊岫烟色，警幻仙娥俗世逢。

### 贾母结干亲
宝琴承运结干亲，雪洁冰清恁可人。
祖母垂怜心属意，门当户对正联姻。

### 白雪映斗篷
芦庵杂色耀苍穹，玉屑银光映斗篷。
翠羽猩红真打眼，琉璃世界碧霄宫。

### 围炉啖腥膻
炉火殷红鹿肉鲜，香娃脂粉啖腥膻。
猫撕鼠咽芦庵劫，名士风流效谪仙。

## （五十）

### 争联咏雪诗
粉装银砌正宜时，群艳争联咏雪诗。
斗智逞能新角色，喧宾夺主愧须眉。

## 乞梅栊翠庵

乞梅栊翠费精神，公子倾心果有因。
痴宝玉探情妙玉，护花人赏折花人。

## 三钗咏红梅

联句余波兴未颓，三钗偕玉赞红梅。
侧峰横岭呈娇丽，泼墨情怀酒一杯。

## 倾心薛小妹

诗才丽质令倾心，暗度金针应宝琴。
掠美无缘真憾事，名花有主属翰林。

## 雪中双艳图

绝世姿容绝世才，凌风放傲映桃腮。
双红俏立成诗画，两树寒梅雪里栽。

## 雅制春灯谜

红尘游戏设篱樊，灯谜虚涵作谶言。
谜面比人关命运，水流明灭溯潜源。

## （五十一）

## 诗谜怀古

纯真美艳更诗才，怀古新编十绝来。
灯谜源流藏史鉴，迷离扑朔费详猜。

## 盛饰探母

侍女探家母病危，威仪盛饰悖常规。
若非上位情何在？抑或投缘寄所思。

### 亲近宝玉

衷心至性惹人怜，难得机缘共枕眠。
天若有情轻久暂，业因无量报悲欢。

### 晴雯染疾

袭人虚位溺晴雯，冬夜红楼冷气氛。
娇态不拘生贵恙，欢情未免说纷纭。

### 庸医猛药

爆炭晴雯染疾时，庸医猛药不相宜。
多情公子情何系？问暖嘘寒只为伊。

### 麝月称银

麝月称银不吝悭，戥星无识小丫鬟。
情浮气躁随心意，纨绔何知物力艰？

## （五十二）

### 情掩虾须镯

窃玉偷金爆丑闻，平儿掩饰怒晴雯。
宅心仁厚宁人事，盛气威严掘己坟。

### 冬闺集艳图

潇湘暖阁正围炉，绝妙冬闺集艳图。
药气花香同体味，情途心路并齐驱。

### 药香混花香

暖阁花香伴药香，绛仙更泽水仙光。
潇湘妃子同谁饮？唯有怡红共举觞。

## 诗托洋妞儿

吟诗借事说风流，倾吐金闺淑女愁。
咏物感怀悲命运，抚今忆昔梦红楼。

## 晴雯逐坠儿

鸦鹊共巢不合群，晴雯性傲扳牛筋？
相怜同病当扶救，何必争强惹风云。

## 病补雀金裘

晴雯病补雀金裘，爱缕情丝蜜意稠。
针线穿心披热血，泥沙失路付东流。

## （五十三）

## 晴雯病重

晴雯病重力神萎，诊脉开方劳太医。
汗后失调非小可，红楼公子费心思？

## 天恩赐福

赐福沾恩外戚家，开祠祭祖尚奢华。
赫赫炎炎宁荣府，可叹春归看落花。

## 庄头进租

岁贡纷繁载满车，豪门贪得享骄奢。
穷人剜却心头肉，财货填充富贵家。

## 宗祠赏联

贾氏宗祠大德崇，星辉辅弼著丰功。
仰蒸百代恩遐迩，光照千秋慎始终。

### 除夕祭祖

除夕崇宗祭祖时，贾门此后转颓衰。

子孙尽散烟灰灭，大厦将倾末世悲。

### 元宵夜宴

酒宴花灯夜未阑，元宵醉梦只强欢。

笙歌恰似青林乐，锦绣犹如反照残。

## （五十四）

### 贾府"春晚"

宁荣"春晚"乐倾心，盛世风光末世音。

看戏听书欢宴饮，铺张奢侈掷千金。

### 女先说古

女先浑说《凤求鸾》，同姓重名两面观。

说古谶今留伏线，散花寺里话荒寒。

### 太君掰谎

看戏听书别当真，谁言才子配佳人？

太君破谎批虚套，达理通情耳目新。

### 击鼓传梅

击鼓传梅几转轮，重轻缓急弄精神。

元宵夜宴余音绕，酒令偏挑睿敏人。

### 梨院听戏

听戏清闲评戏难，梨香院里赞三官。

琴弦不奏吹箫管，小曲新鲜更感叹。

### 凤姐娱亲

巾帼枭雄粉面春，连珠话语数奇珍。
伶牙俐齿开刚口，戏彩斑衣为孝亲。

## （五十五）

### 凤哥坐小月

小月淋漓气血亏，凤哥好胜力难支。
忍将诸事权开手，交与探春暂主持。

### 探春理家政

探春敏慧显才能，理事持家履薄冰。
竭力劳心常惕惕，玫瑰带刺自矜矜。

### 丧礼依旧例

初出茅庐试剑芒，以身作则正堂皇。
舅亲丧礼依先例，只认夫人不认娘。

### 姨娘争闲气

亲生骨肉与谁亲？宗法无情失自尊。
受辱吞声衔闷气，妾身的是可怜人。

### 刁奴居险心

问询旧例乱弹琴，仆妇刁奴蓄险心。
观色察言蒙幼主，摇唇鼓舌掩真忧。

### 凤姐吐衷言

收敛机锋亦老谋，勒马悬崖欲回头。
诚知骑虎前坡下，退步抽身后路留。

## （五十六）

### 理财减月例

理财何处试刀锋？压缩开支减月供。

学里闺房重复叠，人情旧例施中庸。

### 诸园搞承包

程朱理学作凭依，经管承包创契机。

兼顾三方权责利，更抓两手并恩威。

### 兴利除宿弊

除弊开源四利兴，分包公管尽其能。

皆云改革人心快，欲补苍天力不胜。

### 小惠全大体

儒心道貌寄柔怀，品格端方识宝钗。

小惠小恩全大体，淡名淡利达钧谐。

### 甄府访贾府

甄家定例赴京城，造访宁荣世谊情。

显贵交通同气味，豪门次第共悲声。

### 真假话宝玉

谁知后果与前因，宝玉齐名假与真。

梦里依稀曾会晤，天生尤物寄红尘。

## （五十七）

### 紫鹃试忙玉

效试惊心慰紫鹃，痴情极致惹疯癫。
假言已测真灵性，金玉怎移木石缘？

### 主仆话私房

挚爱真情迹可寻，人生难得遇知音。
为伊发尽千般愿，莫负痴男一片心。

### 明誓表情心

崎岖情路叹悲催，孤女无援泪做媒。
但得心灵同默契，宁将皮骨化烟灰。

### 岫烟结薛蝌

雪光映照岫生烟，贾母牵绳善斡旋。
海角天涯欣有约，情投意合却无缘。

### 宝钗赎当票

家业贫寒亦愧羞，人情物理在心头。
暗中赎当将身报，邂逅姻缘以德酬。

### 薛姨慰痴颦

莫道伪善不羞颜，假意真心亦等闲。
弱女伶仃求眷顾，薛姨抚慰可藏奸？

## （五十八）

### 贾府遣优伶

太妃薨逝息娱欢，遣发梨园十二官。
何去何从随自愿，女优星散脱勾栏。

### 杏荫生慨叹

杏花结子喜犹悲，慨叹春华老去时。
绿荫如云空切念，红颜似槁枯相思。

### 藕官烧纸钱

藕官烧纸怹悲伤，婆子纠查说短长。
宝玉谎言虚掩过，多情定欲问端详。

### 假凤泣虚凰

戏里夫妻假作真，雌凰雄凤女儿身。
闺情异化姻缘梦，劳燕分飞泪湿巾。

### 怡红庇芳官

锋芒口角惹风波，弱女孤芳对恶婆。
愤怒怡红情庇护，正言厉色斥奸讹。

### 痴情推痴理

莫盗虚名敬在心，心诚意洁悦知音。
痴情不改揆痴理，愿得文君白首吟。

# （五十九）

## 湘云犯春鲜

日暖春和润藓苔，枕霞旧友病香腮。
莺儿索取银硝粉，春燕招来口舌灾。

## 莺儿编花篮

心灵手巧目眈眈，挽翠披金织柳篮。
情系潇湘聊慰藉，丫鬟代主致包涵。

## 柳渚斥莺燕

柳渚无端乍起波，嗔莺叱燕怒何婆。
莫言姑嫂贪无厌，护柳怜花罪几多？

## 飞符搬救兵

一波未平又生波，婆子丫鬟乱炸窝。
内患已萌双结怨，飞符召将止干戈。

## 冷酷骨肉情

冷酷犹悲骨肉轻，女儿谁说不亲生？
世间难讨恩仇债，乌鹊何无反哺情？

## 平儿且饶人

后退方知可立身，得饶人处且饶人。
平儿岂是晴雯辈？处事温良不较真。

## （六十）

### 蔷硝引火

环儿取媚献蔷硝，惹得姨娘怒火烧。
挟气闹园鸣慨愤，自寻其辱别无招。

### 夏婆饶舌

夏婆饶舌惹腥臊，添醋加油火焰高。
唆讽调词闲造事，谁知愚妾亦韶刀。

### 赵姨蓄恨

赵姨愚恶性偏颇，难怪家奴任挑唆。
蓄恨逞强难收拾，探春持重遏风波。

### 四官闹园

芳官受屈四官盟，敌忾同仇勇抗争。
打鼓扬铃呈乱象，坐山观虎更无情。

### 探春嗔母

常争闲气令愚昏，辈长年高不自尊。
惹是生非丢体面，当思克己为儿孙。

### 瑰露引霜

乖巧厨头柳五娘，玫瑰露引茯苓霜。
谁知醋妒生嫌隙，弱女无辜惹祸殃。

## （六十一）

### 莲花索蛋

索蛋莲花责柳娘，一番舌剑对唇枪。

惹翻小鬼终招祸，何必嘈嘈论短长？

### 司棋闹厨

司棋率众闹厨房，倒柜翻箱似虎狼。

主子可欺因懦弱，奴才得势亦张狂。

### 宝玉瞒赃

厨房抖露茯苓霜，挂叶牵藤费考量。

打鼠且忧伤玉器，怡红公子再瞒赃。

### 五儿蒙冤

五儿无错却蒙冤，乐祸群奴恶浪掀。

苦胆黄连皆一味，清流浊水本同源。

### 平儿决权

得势何须种祸根，行权切莫断生门。

操心凤姐常留恨，施善平儿乐攒恩。

## （六十二）

### 早锁角门

角门早锁隔音尘，不惹危疑累及身。

防患未然消嫌忌，宝钗确是细心人。

### 共庆千秋

主仆同欢齐祝寿，三钗并玉共千秋。

划拳射覆浑无忌，纵乐奢靡枉自休。

### 醉眠芍药

氤氲芍药覆娇身，睡语呢喃酒令新。

醉卧千红同一醉，好将四爱付三春。

### 密语花前

花前密语口无遮，漫道探春会掌家。

公子何忧身后事？管他节俭与奢华。

### 群芳斗草

斗草争花各显能，竞香比艳亦无凭。

豆官取笑夫妻蕙，宝玉拈来并蒂菱。

### 情解榴裙

牵裳含蕴献殷勤，自古痴人莫若君。

携手香浮云鬓影，怜孤情解石榴裙。

## （六十三）

### 群芳开夜宴

群芳夜宴乐无穷，花主风流翠绕红。

富贵闲人难尽兴，讨情乞丐总虚空。

### 筹令占花名

抽签掣令占花名，证得前身验后生。

游戏谶词关运命，千红一窟各枯荣。

### 妙玉贺生辰
投笺独拜贺芳辰，妙玉殊称槛外人。
身世畸零情可鉴，俗心何以脱红尘？

### 芳官改番名
易姓更名作雅呼，戏称耶律字雄奴。
吐蕃诨号生风趣，直把芳官做献俘。

### 贾敬死金砂
炼汞烧铅不返家，玄真道观死金砂。
虔心已作游仙鹤，蝶梦旋飞绕树鸦。

### 尤氏理亲丧
公爹吞丹突暴亡，东园独艳理亲丧。
谁言尤氏无能辈？事到临头亦敢当。

## （六十四）

### 宁府举丧礼
宁府居丧客若云，迎来送往闹纷纷。
举哀供奠当儿戏，浪子浑孙酿丑闻。

### 悲题《五美吟》
读史堪叹咏絮才，红颜命运感悲哀。
美人多被虚情误，泪断魂飞楚望台。

### 纨绔浪调情
二爷花心最滥情，追香逐臭苟蝇营。
违伦聚麀无廉耻，叔侄荒唐效畜生。

### 贾蓉做保山

叔叔无行侄犷顽，登山狼狈暗为奸。
同枝共艳天伦悖，丧尽良知不赧颜。

### 情遗九龙佩

迎来浪子做东床，抛去槟榔引色狼。
有意情遗龙玉佩，到头惊醒梦黄粱。

### 藏娇花枝巷

贪色承欢不吝悭，挥金如土为红颜。
花枝巷作藏春坞，弼马温逢火焰山。

## （六十五）

### 二舍偷娶妾

亲丧国孝两加身，二舍昏荒敢纳新。
色胆包天浑不怕，花枝巷内暗藏春。

### 两马争槽

兄弟风流姐妹骚，欲情使马亦争槽。
垂涎三尺如禽兽，丧尽人伦弃节操。

### 三姐泼威

三姐调情二舍昏，丰姿夺魄眼勾魂。
泼声渲色淋漓尽，颠倒迷离不自尊。

### 兴儿论凤

精明强干性矜高，撮火抓尖拔雁毛。
泼醋扬酸情酷妒，蛇心蝎胆笑藏刀。

### 思嫁湘莲

满腹心思叹宿缘，三姨情许柳湘莲。
自寻归结求明镜，未证菩提仰昊天。

### 戏说四春

贤德才高入帝家，玫瑰带刺凤窝鸦。
迎春木讷残春惜，寒气摧林冷雪花。

## （六十六）

### 三姐解宝玉

谁说疯癫智若愚？内清外浊不糊涂。
天生地造痴情种，警幻园中植绛珠。

### 绝誓嫁湘莲

失爱伤心信宿缘，折簪绝誓嫁湘莲。
萍踪浪迹寻归影，念佛持斋等百年。

### 情定鸳鸯剑

莫道无缘却有缘，贾琏巧遇柳湘莲。
定情两柄鸳鸯剑，造孽三重自在天。

### 柳郎悔婚姻

尤物天生未自珍，湘莲冷面悔婚姻。
空悲世俗无情剑，宁可伤人不救人。

### 耻情归地府

姻缘分定系红娘，烈女情痴面冷郎。
爱恨无非双刃剑，冲天一怒隔阴阳。

### 冷面入空门

冷面冷心非冷血，情痴情烈报情郎。

剑锋却是无情物，何忍孤魂绝异乡。

## （六十七）

### 宝钗送物

八面玲珑为立身，通情赠物结芳邻。

亲疏遍及工心计，叹服蘅芜会做人。

### 黛玉思乡

寄人篱下实堪悲，睹物勾情寄客思。

幸有知音常慰我，犹怜娇弱病西施。

### 薛蟠酬客

恩恩怨怨结奇缘，浪子回头亦大贤。

游艺归来诚谢客，席间独缺柳湘莲。

### 丫头泄密

欲图苟且自奸欺，秘事除非己莫为。

泄露天机谁造孽？风波暗起折花枝。

### 凤姐询仆

究底刨根询小童，贾琏寻得并头红。

花枝巷里藏娇屋，岂可遮瞒不透风？

### 兴儿兜底

凤姐蒙羞细审纠，兴儿胆怯说根由。

粗枝细节无遗漏，醋雨酸风正满楼。

## （六十八）

### 探访花枝巷

探访花枝验正身，凤姐心计绝群伦。
甜言蜜语天花坠，只赚尤娘老实人。

### 赚入大观园

明灯暗火费精神，凤姐绵刀可杀人。
二姐贪荣欣做梦，谁知陷阱葬孤身。

### 泼醋宁国府

泼醋拈酸鼓舌唇，凤姐得理岂饶人？
虚情叠叠奸而诈，闹剧连连假似真。

### 激愤叱贾蓉

龌龊蓉儿只犯浑，任人把玩却承恩。
婶娘邪僻姨娘懦，生父荒淫叔父昏。

### 玩奸平残局

两面三刀势利人，运筹帷幄胜纶巾。
玩奸股掌平残局，既卖人情又赚银。

### 投石惊三鸟

算尽机关自酿灾，原妻暗拆丈夫台。
巧投一石惊三鸟，泄愤坑人更敛财。

## （六十九）

### 贾赦赏秋桐

一从乃父赏秋桐，注定尤娘不善终。
泼妇甘当鹰背狗，尖酸更是可怜虫。

### 闹剧自编导

覆雨翻云燎黑烟，自编自导自周旋。
蛇心蝎胆豺狼性，快意情仇敢逆天。

### 借剑杀情敌

当知苦雨积沉阴，妒妇哪容眼里针？
借剑杀人浑不觉，黄泉路近冷森森。

### 三姐托归梦

败德丧伦恶口声，心慈面软枉痴情。
夜惊小妹三更梦，理数应然不抗争。

### 苦人独吞金

寒风冻雨冷枯心，残烛孤灯泪不禁。
妒妾庸医双夺命，苦人抱恨自吞金。

### 咏叹尤二姐

花为肝胆雪冰肌，水性冤家软面皮。
听任欺凌因懦弱，愚痴轻信即无知。

## （七十）

### 寂寞痴宝玉

摧花折柳接连连，胡恨闲愁似煮煎。

情色惹痴添病疾，丫鬟嬉戏强迎欢。

### 泪和《桃花行》

愁对桃花和泪吟，桃花一曲泣哀音。

前生命遇桃花劫，今世谁人识我心？

### 重建桃花社

桃花诗社换吟旗，即兴题开柳絮词。

柳絮桃花皆劫运，红颜自况蕴玄机。

### 偶填柳絮词

枕霞烂漫发春思，蕉下闲人各半支。

叹息潇湘斑竹泪，杨妃荡气勃生机。

### 临帖助楷书

趋庭鲤对正踌躇，姊妹倾心助楷书。

应景有情含挚爱，殷勤无意卖空虚。

### 放晦断风筝

暮春释晦放风筝，舞凤翔龙不胜情。

绞线缠身浑一体，横风吹断鬼神惊。

# （七十一）

### 贾母庆寿诞
祝寿祈年享贵尊，公侯显族喜盈门。
满园官客兼堂客，后土皇天没世恩。

### 太妃阅千金
太妃荣府阅千金，着意探春有用心。
岂料和亲抛骨肉，一番风雨送悲吟。

### 规诫惹风波
凤哥惩戒惹风波，贾府偏生佞婢多。
原本酬和遵礼数，却逢挑事管家婆。

### 婆媳生嫌隙
鸡肠鼠肚自佻轻，怨气皆从罅隙生。
妯娌亲疏情有别，姑婆远近意难平。

### 鸳鸯遇鸳鸯
鸳鸯惊散野鸳鸯，天挂纱帷地作床。
姑表兄勾情表妹，藏春石引绣春囊。

### 潘郎负司棋
信誓旦旦志不移，青梅竹马两相知。
司棋贞烈为情死，懦弱潘郎耻自私。

## （七十二）

### 秦司棋怀德
潘郎逸去病司棋，寸断柔肠怨故知。
欲报鸳鸯怀盛德，长煎情恨苦相思。

### 女强人羞病
位尊权重女强人，染疾羞于说病因。
只为敛财针削铁，更忧失利陷居贫。

### 贾二爷借当
荣府空虚渐缩囊，管家剜肉且医疮。
丈夫借当妻抽利，结发鸳鸯叹薄凉。

### 夏太监索银
夜梦宫人强夺锦，醒来阉宦索纹银。
明敲暗掠无何奈，伏线抄家一洗贫。

### 王熙凤强媒
欲争颜面逞私威，凤姐强媒莫敢违。
仗势欺人横霸道，管他后果与前非。

### 来旺妇霸亲
强媒霸娶比朋奸，小婢私诚致贾环。
主仆两心情冷热，赵姨言说未通关。

# （七十三）

## 佯病诳父

欲来山雨鹊惊风，佯病装痴诳乃翁。
侍婢支招承旧事，波澜骤起乱怡红。

## 禁赌立威

太君禁赌立声威，陋习邪风惹是非。
藏盗引奸严戒饬，除开首恶遣而归。

## 春囊引祸

邢氏无心却曝光，痴奴不识绣春囊。
投湖一石千重浪，秽物惊魂引祸殃。

## 邢氏训女

训女无能噩噩浑，推因迁怒自家门。
专生挑拨平私愤，播雨翻云种祸根。

## 乳嫂发难

乳嫂因婆漫讨情，明欺好性惹纷争。
贪心算计翻陈账，藏舌迎春语不惊。

## 不问金凤

息事宁人欲宥全，吞声忍气实堪怜。
失遗金凤凭谁问，静女犹谈《感应篇》。

# （七十四）

## 借当泄风声

忽闻借当泄风声，琏凤追询暗失惊。
树欲静而风不止，猢狲未散自相倾。

## 惑奸信谗言

奸奴惑主进谗言，祸起萧墙鼓噪喧。
绣凤香囊燃火线，强人却抱窦娥冤。

## 凤姐泣申辩

询问春囊亦自哀，含羞泣辩剖疑猜。
酌情据理陈申诉，叹服奸雄好口才。

## 抄检大观园

宁荣裂隙暗潮生，抄检何堪主仆情？
内部杀来将自灭，孤魂怨鬼泣悲声。

## 佞婢现世报

佞婢蒙羞自解嘲，当先奋勇乐查抄。
伤人害己何能事？打嘴吞牙献世包。

## 孤介绝宁府

天生孤介绝香尘，雅负丹青叹惜春。
看厌腥污宁国府，心灰意冷善其身。

# （七十五）

### 甄家被抄

甄家犯事被查抄，兔死狐悲叹世交。
切莫窝赃招野火，纵然不死燎浆泡。

### 宝钗避嫌

久欲辞归待契机，探春道破意知微。
置身事外偏安处，不染污泥远是非。

### 贾珍恣睢

射赌狂欢任侈奢，贾珍日夜乐无涯。
纵情酒色偎邪狎，改换门风必败家。

### 宁府异兆

东园夜宴起箫声，月色森森绪不宁。
何处悲音征异兆？先灵感应鬼神惊！

### 荣府赏月

中秋赏月叹凄清，昔日繁华化落英。
击鼓催花传笑话，大观园里不胜情。

### 新词兆谶惜花春起

新词吉谶论精英，大厦将倾寄后生。
百足之虫僵未死，三秋蚕唱叠哀鸣。

## （七十六）

### 中秋相忆

相忆中秋又一年，至亲骨肉复团圆。

盈亏几见蟾宫月，一样悲欢怎求难？

### 贾赦崴脚

儿伤脚骨足三阴，老母关情肉刺针。

人子当知乌哺爱，更羞惭愧说偏心。

### 凹晶联诗

择句联诗共唱吟，花魂鹤影独惊心。

声声哀怨裙钗恨，字字凄清末世音。

### 妙玉续诗

潇湘联句觉悲凉，妙玉挥毫续锦章。

欲觅诗仙何处有？原来竟在水云乡。

### 三钗共秀

惺惺相惜聚三钗，咏絮红颜出逸侪。

身世同悲持耿洁，天心共秀放诗怀。

## （七十七）

### 搜索人参

调经配药觅人参，索遍收存白费心。

莫道当年金作马，豪门消乏奏悲音。

### 逐出司棋

因奸涉盗逐司棋，懦主无能侍婢悲。
无限闺情无限恨，香魂何处寄相思？

### 驱红逐艳

青春花季犹初蕾，倩女风流终不悔。
逐艳驱红情决绝，豪门鲜耻更卑猥。

### 夫人仇美

念佛施斋枉作傀，嫉花妒艳慕枯灰。
莫非变态心仇美？贾府倾颓亦罪魁。

### 晴雯抱恨

尧尧易折洁常污，妒药坑人舌可诛。
弃竹伤情堪悯笋，美人抱恨罪无辜。

### 情归水月

悲闻鸟散亦惊魂，绝艳优伶向佛门。
纵使红颜归水月，利刀能否断情根？

## （七十八）

### 钗辞大观园

宝钗辞别大观园，跳出招非栲栳圈。
别蓄枭心腾地步，远谋岂止避嫌言？

### 悲情忆红颜

弱竹残花泪渍斑，小楼冷寂忆红颜，

诸芳倩影今何去？望断云山再不还。

### 痴情叹永诀

雾月难逢霜复雪，风刀雨剑清秋节。

情融指甲怀刚烈，耳熟娇吟成永诀。

### 学士论诗才

怡红公子溢诗才，恣意纵横抹得开。

放胆标新除晦涩，空灵"冲逸"出心裁。

### 闲征婳婳词

婳婳将军爱武装，莫言旧事撰荒唐。

诗含意蕴烹三味，玉石倾情赋四娘。

### 杜撰芙蓉诔

滴滴殷红鹃泣血，斑斑酸泪洒香溪。

奇文天下芙蓉诔，对景悲歌哭玉闺。

## （七十九）

### 漫步紫菱洲

蓼败花颓冷晚秋，宣情不舍紫菱洲。

孤身独在伤心地，景语无声寂寞愁。

### 误嫁中山狼

鸾凤偏生乌鹊巢，悲凉气象锁眉梢。
迎春误嫁无情兽，狼子原来是故交。

### 窃议夏桂花

悍妇张狂母夜叉，河东狮吼霸王家。
倚娇作媚无经纬，试马横戈任叱咤。

### 情误傻香菱

谑笑香菱未远谋，待听狮吼慢牵牛。
痴人总做春秋梦，智者当消远近愁。

### 悔娶河东狮

夫妻本是喜冤家，男婚女嫁一念差。
金桂原非贤淑女，薛呆悔娶霸王花。

## （八十）

### 魇魔强栽赃

自魇自魇自针砭，嫁祸栽赃引曲嫌。
摆布香菱阴设局，欲登上位献金蟾。

### 宝蟾做帮凶

命贱心高性陋庸，宝蟾为虎做帮凶。
干柴烈火终灰烬，暗里藏刀有袖锋。

### 屈受贪夫棒

一点胭脂作志铭，三生薄幸哭伶仃。
痴人屈受贪夫棒，苦命偏逢扫帚星。

### 金桂恶之花

香菱薄命实堪嗟，妒妇哪容眼里沙？
都道红颜柔似水，谁知金桂恶之花。

### 胡诌妒妇方

禀性天生本善良，只因利欲失纲常。
华佗难愈贪夫病，道士胡诌妒妇方。

# 分题·后四十回

## （八十一）

### 四美钓鱼

四美垂纶钓饵投，诸多良愿倩谁求？
清波微动空浮影，惹得痴儿觅钓钩。

### 两番入塾

八股文章味苦酸，两番入塾忆悲欢。
攻书只慰颜如玉，厚禄高官冷眼看。

## （八十二）

### 讲义警心
厌薄功名强读书，腐儒鄙俗意踌躇。
顽儿游戏虚三昧，世事浮云恍六如。

### 痴魂惊梦
夙愿难酬一梦惊，剜心沥血慰鞶卿。
亦真亦幻牵魂魄，举目凭谁诉苦情。

## （八十三）

### 元妃染恙
元妃染恙卧东宫，满眼霞光返照红。
桑梓犹怀千里月，病身难敌九秋风。

### 金桂闹闺
河东狮吼意方遒，猖语狑声喋不休。
泼妇恣横无愧耻，慈悲菩萨亦搔头。

## （八十四）

### 试文制艺
莫道偏邪只卖呆，今番制艺试文才。
何愁中举无根底，落笔承题一路开。

### 宝玉提亲

天赐良缘早置怀，是非因果乞和谐。
提亲却是张家女，陪衬金闺薛宝钗。

## （八十五）

### 贾政升迁

玉光兆喜有情端，贾政升迁阖府欢。
车马盈门宾满座，鲲飞鹏举海天宽。

### 薛蟠惹祸

薛蟠横霸愣头青，妄杀无辜触典刑。
法网恢恢难脱罪，至亲贵戚不安宁。

## （八十六）

### 老官翻案

钱能活鬼势通官，堂上贪私法外宽。
人命关天天合眼，生民敛气气摧肝。

### 淑女解琴

偶翻琴谱似仙符，角羽商宫点画殊。
且遇知音开闭塞，灵犀一点灌醍醐。

## （八十七）

### 竹馆抚琴

孤自悲犹枉自尊，新啼痕叠旧啼痕。
琴音如诉凭谁问，酬唱秋风送梦魂。

### 坐禅入魔
该将情剑断尘缘，邪念缤纷莫坐禅。
欲火引魔生孽障，妙姑梦劫跌冰渊。

## （八十八）

### 宝玉赞孤
叔侄联肩等量观，贾门兴复一盆兰。
龙生九种分良莠，且看孤儿百尺竿。

### 贾珍鞭仆
老奴少仆未孱昏，鞭挞无端种祸根。
积怨伤人终必溃，家兴何不早推恩。

## （八十九）

### 宝玉填词
裂肺揪心孔雀裘，人非物是意绸缪。
红笺怀梦情犹在，泣血填词涕泗流。

### 颦卿绝粒
学舌讹言若刺针，杯弓蛇影暗惊心。
情知缘尽肝肠断，绝粒残身命不禁。

## （九十）

### 密室谋婚
钗黛争婚久未休，弃林聘薛木成舟。
疏亲易见人情冷，孤女何知密室谋。

### 薛蝌拒诱

金桂频频戏薛蝌，明眉暗目送秋波。
果蔬美酒佳人色，不动心旌岂奈何？

## （九十一）

### 宝蟾工计

淫心放纵不知羞，主仆探风下钓钩。
任尔巧工精设计，薛家白鼠不偷油。

### 莽玉妄禅

丈六金身借一苤，痴颦呆玉暗倾情。
春风应解沾泥絮，妄语禅心各自明。

## （九十二）

### 列女传奇

巧哥宝叔话传奇，列女神祠树德碑。
鉴古观今开眼处，潘郎刎颈殉司棋。

### 母珠聚散

珍宝收藏叹不胜，母珠聚散状无形。
内囊将尽耽衰竭，回眺豪门薄世荣。

## （九十三）

### 甄家赠仆

难得甄家措荐书，惺惺何必意踌躇。
送奴欲作前车鉴，效法专诸报阖闾。

水月贾芹

心中有鬼梦中惊，偈帖新闻乱象生。
水月庵翻风月案，贾芹谁说不真情。

## （九十四）

宴赏花妖

哓哓众口说花妖，凶吉枯荣未孔昭。
复活海棠为底事，天时物运自长消。

祸失通灵

通灵宝玉不通灵，非引灾星即祸星。
天赐良缘无所托，命根失却反尊荣。

## （九十五）

元妃薨逝

可怜贤淑贾元妃，虎兔交逢一梦归。
不啻宁荣倾大厦，回天转日散余晖。

宝玉疯癫

都言失玉致癫昏，谁解情根与病根？
其实醉翁不在酒，一觞一咏最勾魂。

## （九十六）

凤姐设谋

过海瞒天计亦奇，以钗换黛孰知之？
凤姐阴损真儿戏，木石情缘万古悲。

### 颦儿迷性
傻妞信口泄机关，宛若翻江倒泰山。
祈盼空无迷慧性，撕心裂肺血斑斑。

## （九十七）

### 黛玉焚稿
柔肠寸断绝情根，旧帕新添血泪痕。
劫火翩翩飞梦蝶，绛烟袅袅化诗魂。

### 宝钗出闺
颦卿风骨宝钗身，李代桃僵假亦真，
孰料洞房花烛夜，有情屈作负心人。

## （九十八）

### 绛珠归天
临终惨淡不呼天，警幻归来一绛仙。
尽泪还情酬孽债，业缘获报付空缘。

### 神瑛泪洒
刻骨铭心一梦牵，悲欢离合古难全。
神瑛泪洒相思地，道是无缘却有缘。

## （九十九）

### 恶奴破例
吏才不济却安然，猫鼠容奸共枕眠。
遂使恶奴私破例，勾连内外弄公权。

邸报担惊
邸报飞来窃自惊，前波未息后波生。
牵连蟠案何周匝？但患休官损令名。

## （一百）

香菱结恨
好事扬扬妒妇憎，存心迁怒苦香菱。
无端结怨怀嗔恨，举步临渊履薄冰。

宝玉悲情
颦卿尸冷忍探春，俗世何留活寡人？
脂粉凋零悲远嫁，离情无限泣孤身。

## （一〇一）

月夜幽魂
万籁无声梦有痕，风鸣犬吠亦惊魂。
若非内疚谈何惧，恶极心虚鬼叩门。

神签异兆
散花寺里问枯荣，打卦求签乞圣灵。
衣锦还乡占异兆，人衰运舛叹伶仃。

## （一〇二）

骨肉灾病
淫气蒸腾百病招，心魔生鬼幻生妖。
凶衰屡见多灾恙，不待西风草木凋。

### 符水驱妖

符水驱妖作笑啼，牵强穿凿信无稽。

衰从盛极呈先兆，云影虹光病者迷。

## （一〇三）

### 金桂焚身

毒妇奸谋约死期，害人自害亦堪悲。

夏家讹诈无廉耻，莫道苍天恁可欺。

### 雨村遇旧

周而复始始犹终，打破禅真悟业空。

欲借葫芦盛法水，洗心净面涤凡虫。

## （一〇四）

### 小鳅掀浪

贾二忘恩不义郎，惹翻倪二醉金刚。

小鳅池沼掀狂浪，横蟹无端起祸殃。

### 公子触情

情殇无祭触心伤，满腹心思欲断肠。

昔日难忘牵手梦，今生冤作负心郎。

## （一〇五）

### 宁府犯抄

百年功业付东流，祖德天恩枉自休。

横祸飞来因咎取，黄花零落始知秋。

### 贾赦获罪
强婚豪夺愧无良，暴戾凶残触法纲。
祸不单行霜覆雪，参弹问罪众推墙。

## （一〇六）

### 致祸抱羞
身外浮财不可贪，贪心致祸抱羞惭。
一生盘剥为乌有，枉被他人作笑谈。

### 祷天消患
何不当初结善缘，得无今日致灾愆。
祸生骄奢亡淫逸，拜佛求天亦枉然。

## （一〇七）

### 义散余资
尽散余资赎孽愆，将倾大厦却恬然。
心诚何必持斋戒，怀义含仁即福田。

### 欣复世职
世职盈虚说耻荣，盛衰得失见人情。
门庭若市平常景，大难方临悄默声。

## （一〇八）

### 蘅芜生辰
生辰宴庆作强欢，心事难言酿楚酸。
浪扫浮萍悲聚散，秋行春令溢清寒。

### 潇湘鬼哭

生前隐痛泣无声，死后缠绵泪有情。
独自向隅闻鬼哭，潇湘斑竹忆颦卿。

## （一〇九）

### 五儿承爱

情痴不见梦中人，柳五原来作影身。
坐误机缘承错爱，何须说破损天真。

### 迎女返真

与狼为伴不堪言，懦弱无能种孽冤，
叶落西风依朽木，魂归警幻返真元。

## （一百一十）

### 太君寿终

含笑长眠福寿终，顺天安命自和融。
生前逸乐无遗憾，唯念儿孙积世功。

### 凤姐力诎

袖手旁观若锢身，心亏力屈女强人。
囊中羞涩无权柄，隐戚吞哀不顾亲。

## （一百一十一）

### 鸳鸯殉主

鸳鸯殉主自悬梁，剪发明心证烈肠。
义气冲融因怨气，才穿热孝又新丧。

### 恶奴引盗

恶奴引盗悄无声，家鬼敲门狗不惊。
招祸招灾由劣性，劫财劫色灭时情。

## （一百一十二）

### 妙尼遭劫

质如琼玉洁如冰，剔透清灵合妙称。
志远心高空俗世，独怜云鹤招苍鹰。

### 赵妾赴冥

劣迹斑斑鬼附身，仇冤冥报果由因。
疯言道白私情事，省悟羞当不齿人。

## （一百一十三）

### 凤姐托孤

失时落魄觅津途，兔死狐悲早托孤。
乡妪知恩图奉报，千金却步作村姑。

### 情婢释憾

酸心苦胆实堪怜，触绪纷来问紫鹃。
情婢释然除旧憾，痴郎忏悔致拳拳。

## （一百一十四）

### 幻返金陵

凤姐梦幻返金陵，代步空无轿一乘。
不善自归"三恶"趣，无良谁点"七星"灯？

恩还玉阙

相怜同病惜惺惺，起复怀恩赴阙廷。
甄贾世交齐进退，兴衰轮运共枯荣。

## （一百一十五）

惜怀素志

铰发图谋欲出家，红尘看破鄙荣华。
非唯性僻空门老，锡杖袈裟伴墨鸦。

玉失相知

面晤依稀蝶梦痕，三生石上旧精魂。
朱门玉树瑶林影，真假同名共宿根。

## （一百一十六）

幻境悟缘

亦真亦幻是而非，梦境依稀旧所归。
幸结天缘因饰玉，通灵复得识仙机。

故乡全孝

风波迭起暂消停，服阙丁忧避影形。
扶柩回南全孝道，返归桑梓慰魂灵。

## （一百一十七）

情僧索玉

众生后果本前因，还玉原来即返真。
欲断尘缘缘未了，宜观种觉觉迷津。

### 恶子承家

箕裘颓堕叹呜呼，劣子承家聚恶徒。
结党勾奸呈败坏，忘仁负义尽卑污。

## （一百一十八）

### 舅兄欺弱

穷凶极恶灭常伦，睚眦微嫌害至亲。
弱女偏孤还孽报，狐兄狼舅枉为人。

### 妻妾谏痴

浮生聚散若云烟，妻妾高谈古圣贤。
遁世离群唯赤子，痴心不改绝尘缘。

## （一百一十九）

### 了却尘缘

玲珑文笔中乡魁，勘破红尘去不回。
金玉情缘辞一揖，眼前恩爱隔崔嵬。

### 绵延世泽

从来祸福降于天，兰桂齐芳亦自然。
贾府蒙恩绵世泽，花明柳暗说悲欢。

## （一百二十）

### 太虚详情

一僧一道奉天书，唯性唯情自太虚。
宝玉通灵终幻化，轮回万劫又还初。

### 红楼归梦

雾罩云遮笼绛纱，瑶林玉树散空花。

茫茫大地真干净，归梦红楼独我家。

品红词

（词林正韵）

# 金陵十二钗正册

## 林黛玉

【林如海与贾敏独女，因父母先后去世，外祖母怜其孤独，接来荣国府抚养。她生性孤傲，天真率直，蔑视功名权贵，和宝玉同为封建叛逆者，有着共同理想和志趣。】

### 【扬州慢】
#### 范词·南宋姜夔

都说情痴，慧中凄美，内诚异待相知。尽三生血泪，吐满腹心丝。叹孤女、依人篱下，置身局外，尊贵居卑。掩相思、绿竹不言，犹晓为谁？

玉郎堪羡，寄灵犀、何复迟疑？纵木石前盟，青梅竹马，枉断先机。一十二钗魁首，徒辜了、花季芳时。可怜埋香冢，怨魂仍在吟诗。

### 【鹧鸪天】
#### 范词·北宋晏几道

绛草原来阆苑葩，移栽外戚本无邪。自从钗玉埋红线，使得珍珠罩雾纱。

松竹近，梓桑遐，椿萱既失寄通家。潇湘妃子多情泪，怎奈风摧桃李花。

## 【烛影摇红一】

### 范词·北宋贺铸

竹影摇红，厉风黄叶潇湘馆。如丝如缕宿情缘，欲剪还难断。

忍耐愁长梦短，问孤女，谁慰冷暖。倚窗怅惘，寸断柔肠，总难消遣。

## 【烛影摇红二】

### 范词·北宋毛滂

红瘦青山，弹指间，秋雨袭，朱颜槁。残阳如血葬花魂，幽径怜香草。

春去芳心猝老。藏鲛绡，知音杳杳。泪枯缘绝，稿烬诗灰，烟消情了。

## 【潇湘神】

### 范词·唐刘禹锡

悲绛珠，悲绛珠，木枯石烂怨鹧鸪。

泪尽只为还宿债，情情犹自化真无。

# 薛宝钗

【薛姨妈女儿。容貌美丽，肌骨莹润，举止娴雅。她恪守封建妇德，且城府颇深，入贾府后能笼络人心，得上下夸赞。因有"金玉良缘"，宝玉被迫娶宝钗为妻，由于双方无共同理想与志趣，且宝玉又无法忘怀黛玉，婚后不久即出家，薛宝钗只好独守空闺，抱恨终身。】

## 【玉蝴蝶】
### 范词·北宋柳永

艳冠群芳姝丽，隋珠和璧，世宝金钗。笑靥藏春，玉面杏眼桃腮。牡丹园、冷香同醉；蘼芜苑、瑶色倾怀。咏诗才：赋梁苑雪，吟邺王台。

唉唉！生来富贵，钟鸣鼎食，未必悠哉。好事摧颓，东风无力促花开。可悲枉言停机德，金玉缘，化作嘲谐。费疑猜：流年逝水，老屋苍苔。

## 【芳草渡】
### 范词·北宋贺铸

涵英气，溢风华。才八斗，学三车。诗词曲赋比方家。因师一字，博得众人夸。

容雅度，思无邪。虽富贵，不骄奢。名闻香国牡丹花。姿娇媚，心寂寞，恨无涯。

## 【虞美人】
### 范词·南唐李煜

当年选秀金陵驻，贤淑皇商女。人云金玉是良缘，欣慰可心仙眷并头莲。

而今始觉终身误，寂寞依如故。空闺孤守总无眠，月老强牵红线奈何天？

## 【点绛唇】
### 范词·南唐冯延巳

滴翠亭前，杨妃扑蝶犹儿戏。绛云轩里，酸楚鸳鸯泪。

吹絮幽帘，梦共痴情醉。随缘逝，倚阑聊慰，恁叫人心碎。

## 【朝中措】

### 范词·北宋欧阳修

机谋权变女曹操，稳重不招摇。道是浓情虚有，堪称妩媚娇枭。

鸿才八斗，三缄其口，性冷心高。笼得人缘皆好，委蛇矫饰潜韬。

## 王熙凤

【贾琏之妻，王夫人内侄女。精明强干，深得贾母和王夫人信任，为贾府实际大管家。凭口才与威势，攫取权力、窃积财富，权术机变，残忍阴毒，最后机关算尽，误了性命。】

## 【凤凰台上忆吹箫】

### 范词·南宋李清照

凤姐称哥，女儿任性，雌身毕竟娇娥。见敏明干练，心眼多多。总管不辞勤苦，粗细事，其奈何？威风劲，摧花折草，肃戒严苛。

呵呵，弄权害命，包揽官司，逐浪掀波。更蝎心蛇胆，辣手枭魔。恰似冰山罂粟，迷魂药，宿祸陈疴。纵然是，言非语讹，口若悬河。

## 【凤箫吟】

### 范词·北宋韩缜

不虚言，红尘凡鸟，诚然作凤中龙。耻廉仁共性，作三分合一，各情衷。知人如在眼，察心思、表里融通。风转舵、周旋八面，处处玲珑。

从容。私秦卿密友，关怀极、自始而终。大观诸姐妹，宠儿痴宝玉，爱护犹同。真心尊贾母，便时时、言毕亲躬。数上下，私恩遍及，的是奸雄。

### 【换巢鸾凤】
#### 范词·南宋史达祖

风韵妖娆，惯甜言蜜语，两面三刀。有梯能揽月，借水可乘潮，金陵王府女儿娇。德音固稀，翘才孔昭。贪财富，攫权力，败身征兆。

惊耀，尘眇眇，歧路迢迢，善恶终回报。毒设相思，草菅人命，铁槛弄权阴巧。天网恢恢鸟何飞，换巢鸾凤难偕老。离家山，赴黄泉，始好终了。

### 【钗头凤】
#### 范词·南宋陆游

香巢筑，冤魂哭，倏尔离散人孤独。斓斑舌，红颜血。梦中方别，世间临诀。勿！勿！勿！

眉梢蹙，声名辱，罄江难洗污言毒。朱门阙，风流孽。情归钗册，罪开罗刹。屈！屈！屈！

## 秦可卿

【贾蓉之妻，营缮司郎中秦邦业从养生堂抱养的女儿，小名可儿，大名兼美。袅娜纤巧，性格风流，行事又温柔和平；公公贾珍与她关系暧昧，致使其年轻早夭。】

### 【过秦楼·仄韵】
#### 范词·北宋周邦彦

貌若真仙，冠名兼美，妩媚懿柔纤婉。情天蓄恨，孽海扬波，碧落俗尘牵绊。烟柳锁梦惊魂，红袖娇容，相思闺愿。惮天香月冷，东园亭晚，得无留恋？

犹记得、彻骨铭心，可卿初嫁，肇启劫灾情患。桃僵李代，换柱偷梁，毕竟聚麀羞报。许是今生孽缘，心病催归，死而无怨。坦然轻耻辱，羞对黄泉了断。

### 【翠楼吟】
#### 范词·南宋姜夔

月冷天香，魂归警幻，犹怜杏花凋早。秦淮风水地，皇恩浩、侯门封诰。官来宾悼，有素服缌衣，青车红轿。纵妖娆，敛脂销韵，秽风飘渺。

窈窕纤巧风骚，秽语非谣诼，说何贤孝？叹红楼梦断，落尘处、萋萋芳草。尊前情调，霁雨涤蔷薇，花腥污淖。东园眺，丧幡招展，惹人嗤笑。

### 【秦楼月】
#### 范词·唐李白

秦楼月，可卿警幻姻缘结。姻缘结，巫山云雨，上仙宫阙。

凤台弄玉逢萧侠，梦魂鸳侣欢情契。欢情契，迷津惊别，太虚冤孽。

### 【玉楼春】
#### 范词·南唐李煜

出墙红杏呈娇贵，云雨巫山腥气味。贾珍怜媳费疑猜，儿妇何封龙禁尉？

东园颓堕谁之罪？秽乱深闺遭谤毁。天香迷性色空虚，聚麀耻羞如兽类。

# 史湘云

【贾母内侄孙女，豪门千金，从小父母双亡，由叔父史鼎抚养。她心直口快，襟怀坦荡，开朗豪爽，爱淘气。后嫁与卫若兰，婚后不久，丈夫即暴病而亡，湘云守寡终身。】

## 【绮罗香】

### 范词·南宋史达祖

褓褓孤凄，髫龄怅惘，慨叹幼年行状。巾帼雄豪，开朗放怀宏量。淡脂粉、飒爽英姿，重本色、男儿模样，逸才情、倜傥风流。"爱哥"咬舌笑依仿。

天成真率孟浪，瑶瓮诗囊话袋，须眉形象。霁月光风，自是白衣卿相。伏麒麟、白首双星，失情侣、红鸾孤掌，伴云飞、水逝湘江。枕霞人眺望。

## 【伴云来】

### 范词·北宋贺铸

缘结麒麟，情归绛苑，落花浮云虚境。漫论阴阳，清谈时运，说甚婚姻天命。白头方醒，祈所愿、化为荒憬。名仕风流自诩，千古盛衰谁定？

当年酒狂酩酊。大观园、唱酬骚兴。开社闲吟柳絮，惜春残景。联句凹晶感咏，慰知己、遗诗可为证：冷月花魂，寒塘鹤影。

## 【海棠春】

### 范词·北宋秦观

枕霞入梦诗情醉。眠芍药，美人春睡。未捧合欢杯，先饮群芳髓。

锦心绣口才思睿。海棠咏，金昭玉粹。一发不能收，二律连珠缀。

## 【长相思】
### 范词·唐白居易
费疑猜，不疑猜。凿凿言词当匹俦，人云脂砚斋。

时也乖，运也乖。金玉麒麟终未偕，老来孤自哀。

# 贾元春

【贾政与王夫人之长女，自幼由贾母教养，后选入宫做女吏，不久封凤藻宫尚书，加贤德妃。贾家为迎接省亲，特盖一座别墅。省亲后暴病而亡。】

## 【沁园春】
### 范词·北宋苏轼
身出侯门，鸾占梧桐，兔围桂丛。赞孝慈贤德，尊荣富贵；丰姿仙貌，大度雍容。抛却人伦，暌辞桑梓，才选皇家凤藻宫。光宗祖，正三春淑气，万里东风。

但悲虎兕相逢，愧无实榴花耀眼红。任天恩浩荡，金光笼罩；赐官袭爵，敕造加封！朝觐扬威，省亲摆阔，一梦黄粱百事空。堪伤处，叹古来君侧，遗恨无穷！

## 【汉宫春】
### 范词·宋晁冲之
雨露天恩，省亲开别墅，池馆楼台。门前报闻，凤辇翠盖云来。幡旗鼓乐，赫煊煊、宫女皇差。红袖乱，迎鸾接驾，金轮红串宣牌。

纵显荣华富贵，泣双亲隔阻，单凤怜哀。难言隐衷苦痛，孤独情怀。题诗赐赏，惜惺惺、敲玉鸣钗。长恨别，凄凄切切，从今咫尺天涯。

### 【武陵春】
#### 范词·南宋李清照

无尽繁华悲命苦，艳卉哭东风。阆苑昙花一夕红，未盛已消融。

都道桃源春尚好，世外不相逢。寂寞闲愁只窆封。闭凤阙、锁深宫。

### 【昭君怨】
#### 范词·两宋间万俟咏

有幸常随圣驾，惯看宫廷权诈。高处不胜寒，恨终天。

伏凤攀龙安雅，烈火烹油造化。归省再回眸，冷清秋。

## 贾迎春

【贾赦与妾所生，老实无能，只知退让，任人欺侮，懦弱怕事，有"二木头"诨名。贾赦欠孙家五千两银子还不出，把她嫁给孙家，出嫁后不久，被绍祖虐待而死。】

### 【玉女迎春慢】
#### 范词·两宋间彭元逊

生性优柔，无偏倚、木讷寡欢孤处。朴厚单纯顺恕，满腹心思难吐。低言迂语，只忍让、任人欺侮。才华稍逊，唯寄老庄，随遇腌苦。

侯门艳质堪怜：残花弱柳，冷风凄雨。的是家君可恶，但恨豺狼绍祖。孽缘如虎，叹淑女，一抔黄土。渺渺冤魂，玉殒昊天归去。

## 【越溪春】

### 范词·北宋欧阳修

三月景明香馥郁，春色紫菱洲。雪中四友伊为后。二木头、眉黛凝愁。与世无争，仙乡不羡，终老温柔。

东风已度闺楼，犹觉冷飕飕。纵然红涨绿漫季节，芳心转眼清秋。迎得句芒先自足，一载恨悠悠。

## 【鹧鸪天】

### 范词·北宋晏几道

薄命红颜难自珍，生来何必在侯门。孙郎本是无情兽，贪父甘当愧作人。

蒲柳质，玉冰身，花容月貌性纯真。破船漏屋愁风雨，死水浮萍枉有根。

## 【占春芳】

### 范词·北宋苏轼

梅独秀，桃妖娆，苦杏尽芳菲。媚靥胭红脂腻，体丰酷肖杨妃。

委意赐春晖。枉标名、良愿如灰。不争乖命天何佑，谁与同归？

## 贾探春

【贾政与妾赵姨娘所生，精明能干，有心机，能决断，有"玫瑰花"诨名。对贾府面临危局颇有感触，想用"兴利除弊"微小改革来挽救，但无济于事。最后探春远嫁他乡。】

## 【探春慢】

### 范词·南宋姜夔

鲜眼修眉，削肩窈窕，飞神流盼超俗。生刺玫瑰，含酸毛杏，谋志犹如鹳鹄。风雨三千里，路迢迢、抛家离国。命乖空自才高，运移常觉冤辱。

长恨旁枝庶出，招贤枉推尊，噙泪嗟屈。睿智融通，精明裁断，气傲不堪沉郁。无奈悲离别，自难卜、星图局。祸福谁知，临江仙女遥祝。

## 【探芳信】

### 范词·南宋史达祖

著风雅，岂独让须眉，红颜妆罢。聚一群脂粉，开启海棠社。邀兄呼妹风流竞，笔墨传佳话。韵依依，考量千秋，不分高下。

畅咏亦潇洒。更理事齐家，令人惊诧。兴利开源，敏而决，教而化。补天无计空遗恨，徒把豪情惹。指芳期，瑟瑟秋风待嫁。

## 【探春令】

### 范词·宋徽宗赵佶

斋留秋爽，客依蕉下，苦情凄切。纸鸢跌厄青冥折，雨中蝶、飘零叶。

日边红杏栽天阙，怕遭霜加雪。薄命人、等着东风，曾许历劫将腾达。

## 【芭蕉雨】

### 范词·南宋程垓

泼辣犹如凤姐，性儿齐黛玉、皆难惹。貌似宝钗妖冶，俯仰顾盼情生，雍容尔雅。

不甘低首诺诺，常在矮檐下。心底枉自悲、无凭借。试问那、刺玫瑰，聊且独赏孤芳，邀谁搭话？

# 贾惜春

【贾珍妹，其父贾敬一味好道炼丹，而其母又早逝，一直在荣国府贾母身边长大。性格孤僻冷漠，心冷嘴冷。本家姐姐不幸结局，更使她弃世，入栊翠庵为尼。】

## 【惜春花起】
### 范词·无名氏

出东园，长西园，僻性耿介颓惰。冰清美人心冷口冷，体态娇小婀娜。如花少女，须趁时，金饰银裹。不思量，寂寞闭深闺，朱索情锁？

专才笔墨丹青，当姹紫嫣红，藕榭香播。更琴弈谐雅意，捧书卷、读经孤坐。虚花若梦，修不来、今生功果。改娥妆，换缁衣，莫道凡尘勘破。

## 【惜琼花】
### 范词·北宋张先

听棋语，观画谱，偶邀朋对弈，常喜孤处。冷然痴看三春去：明月熏风，香榭花雨。

得慈航，求普渡，觉无由怨悔，何善何恶？孽根清净幡然悟：泥佛青灯，规脱烦苦。

## 【惜春郎】
### 范词·南宋柳永

惜春长愿春光驻，莫把韶华负。侯门玉女，大家闺秀，冥昧迷误。

自以为顽愚觉悟，正可谓迂腐。冷美人、决绝繁华，驾一苇慈航渡。

## 【诉衷情令】

### 范词·北宋晏殊

缁衣初换弃红妆，回味女儿香。丹青遗墨犹在，料峭觉春凉。

伤入画，愧蛮娘，诉衷肠。生关死劫，暮鼓晨钟，都陷迷乡。

# 妙 玉

【苏州人氏，祖上是读书仕宦人家，父母已亡，因自幼多病，入了空门。她通文墨，熟经典，模样极好。十七岁时随师父到长安都修行，师父圆寂后，被贾家请入栊翠庵带发修行。后贾府败落，她被强人用迷魂香迷倒奸污，劫持而去。】

## 【玉簟凉】

### 范词·南宋史达祖

愁是秋心，况复妙玉卿，槛外千金。清高山兀兀，圣洁病惵惵。虔诚栊翠剃度，性雅淡、煮茗听琴。长恨客，享寂寥孤独，难遇知音。

何寻？芳辰贺寿，梅雪结缘，犹自委露丹忱。禅居闻暮鼓，石径作诗吟。尘根六欲未净，剪不断、噩梦沉沉。修善果，罪孽身、怀昔悲今。

## 【玉梅令】

### 范词·南宋姜夔

梅红雪瑞，定惹芳心碎。胭脂气、漫弥栊翠。看妙姑俏立，放傲笑东风，方引逗，璧葩粉蕊。

欣来探问，知我唯卿尔，情深切、折枝有意。揉暗香为酒，举盏敬花痴，更使得、护花人醉。

## 【玉阑干】

范词·宋杜安世

昆冈洁质晶莹玉，韫椟敛光藏峻谷。微瑕不足失空灵，无须问、去何归宿？

色身难得超凡俗，泪渍枯、千点斑竹。一遭末劫陷泥污，堕渊沦、复返尘欲。

## 【玉团儿】

范词·北宋周邦彦

禅庵茗品梅花雪，好风韵、幽兰气节。雅俗融融，衷情切切，天冷肠热。

炉烟淡淡香浓郁，睦厚谊、灵犀默契。偶或相逢，宿缘随结，心佛即佛。

# 李 纨

【字宫裁，贾珠之妻，贾兰母亲。从小受父教，认得几个字，知书识礼。贾珠不到二十岁病故，李纨就一直守寡，如槁木死灰，是个恪守封建礼法的贤女节妇典型。】

## 【三姝媚】

范词·南宋史达祖

残春期向晚。望稻香村头，酒帘招展。浣葛溪边，有竹篱茅舍，绿阴池馆。世外桃源。凭栏眺、杏花勾眼。十亩桑田，几缕炊烟，大观伊甸。

借问谁家庭院？道是未亡人，失孤孀雁。字曰宫裁，更吟坛班首，品诗决判。节妇声名，只不过、镜花虚幻。恰似无波枯井，黄粱梦远。

## 【彩鸾归令】

### 范词·南宋张元幹

亭阁楼台，小院东风万里来。领班粉队社初开，逊诗才。

显荣谁晓侯门冷，破镜孤鸾不释怀。断肠休问李宫裁，怨哀哀。

## 【浣溪沙】

### 范词·五代韩偓

节妇淑娴枉自休，命乖时悖恨无由，春风始坐已知秋。

晚运确如交凤盖，苦身看似上高楼，朱颜难掩许多愁。

## 【凭阑人】

### 范词·元邵亨贞

桃李春风更沐兰，冠带归来披素纨。纤人怯晚寒，镜花犹可怜。

# 巧　姐

【王熙凤与贾琏之女，娇贵多病，生在七月初七，所以刘姥姥给她取名为"巧姐"。】

## 【意难忘】

### 范词·北宋苏轼

纤小玲珑。乃独生娇女，姝好形容。春莺鸣翠柳，雏凤啭梧桐。身稚弱、患惊风，似落絮飘蓬。薄命人、三生有幸，七巧相逢。

俗夫莫论穷通。纵千金贵体，难料灾凶。烟花多少劫，村妪几何功？谈远近、说虚空，犹白日春梦。怎抵挡、暮秋落叶，苦雨残红。

### 【鹊桥仙】

范词·北宋欧阳修

降临兰月，适逢兰夜，河汉迢迢乞巧。曾经佛手指迷津，且记着、僧歌好了。

前生因果，今生福泽，到底将恩还报。狐兄狼舅丧天良，幸遇得、当年村媪。

### 【好女儿】

范词·北宋黄庭坚

可叹巧哥儿。生来未逢时。少小多灾多病，长大更堪悲。

骨肉苦分离。质本洁、沦落污泥，倩谁扶救？烟花巷里，喋血玫瑰。

### 【庆宣和】

范词·元张可久

娇媚侯门富贵花，洗尽铅华。堕落荒村小农家，也罢、也罢！

# 金陵十二钗副册

## 甄英莲

【甄士隐女。三岁那年元宵节，在看社火花灯时被骗子拐走，十二三岁，被薛蟠强买为妾，改名香菱；后为薛蟠正妻夏金桂所

炉，改名为秋菱。】

## 【采莲令】
### 范词·南宋柳永

实堪伤，颓运终身误。违天命、怨悲情苦。散离骨肉转飘蓬，屈体栖何处？披回禄、葫芦毁堕，逢冤蔽狱，断肠谁识孤女。

一叶应怜，怎忍浪打风吹去。逢金桂、落红飞絮。纵然乖巧，却枉自，饮恨遭谗妒。易名姓、英莲不见，秋菱无语，梦断故乡归路。

## 【连理枝】
### 范词·唐李白

三五嫦娥泪，一点胭脂记。翠叶田田，心香脉脉，菱花莲蕊。喜粉妆玉琢、逞娇憨，刹那芳华醉。

身洁浮清水，运舛昭污秽。闲趣芳园，俨然风雅，咏诗答对。得梦中佳句、月朦胧，亦稍稍安慰。

## 【归自谣】
### 范词·北宋欧阳修

春色美，恰笑东风消块垒，石榴裙洒相思泪。

红袖缤纷芳草媚，熏人醉，观音柳斗夫妻蕙。

## 薛宝琴

【薛姨妈侄女，薛蝌胞妹，薛蟠、薛宝钗堂妹。具有绝世姿色，本性聪敏，是一位近乎完美贤淑女。】

## 【雪梅香】
### 范词·南宋柳永

性聪敏，才华横溢出群伦。赞年轻心热，见多识广珍闻。烟柳迷蒙浪游路，碧霞飘渺翰林门。俏儿媚，美艳凌霜，清丽超尘。

天真，性纯正，阔达精诚，活泼温驯。尽数红楼，可称粉黛完人。雪地吟梅靥裘洁，座前怀古赋诗新。情缘结，不必风媒，都付三春。

## 【梅弄影】
### 范词·南宋丘崈

散花天女，一任群芳妒。生性纯真颖悟，绝色奇才，女儿皆羡慕。

咏梅吟絮，迭出惊奇句。十绝新编怀古，震撼群钗，更招人看顾。

## 【醉妆词】
### 范词·五代王衍

这钗美，那钗美，雪地寻阿妹。那钗美，这钗美，最数伊娇媚。

# 尤二姐

【尤氏继母带来的女儿，模样标致，温柔和顺。贾珍馋涎妻妹美貌，无所不至；后贾琏偷娶为二房，并安置于花枝巷内，被王熙凤发现，借刀杀人，终使其绝望吞金自尽。】

## 【孤馆深沉】
### 范词·宋权无染

尤家二姐不深思，无谓借娇姿。荡妇欲从良，似醉似痴，阴匿花枝。

莫怨恨、妒娘心毒，设陷阱牢篱。入虚幻，倘能惊梦，又如何任人欺？

## 【巫山一段云】
### 范词·唐昭宗

失足悲风月，沾污葬玉身。定然含恨绝红尘，堪叹断肠人。

不道冤家情绝，死水鸳鸯凤孽。春风却负女儿心，相思恨不禁。

## 【调笑令】
### 范词·唐王建

情孽，情孽，终究灰飞烟灭。纵然月色花枝，毕竟贞行德违。违德，违德，饮恨吞金无迹。

# 尤三姐

【尤二姐妹妹。模样儿风流标致，贾珍、贾琏、贾蓉等好色之徒对其馋涎。后来她看中柳湘莲，柳嫌她不干净，索回定礼，尤三姐在奉还定礼时拔剑自刎。】

## 【百媚娘】
### 范词·北宋张先

天赋艳姿标致，胜似六宫佳丽。百媚导淫情万种，浪子骨酥魂坠。绰约风流皆可意，星眼藏秋水。

醉里戏嘲讥刺，醒后寸言犀利。剑血沥漓伤累累，揉碎落红涂地。干将莫邪双饮泪，镌刻鸳鸯字。

## 【临江仙】
### 范词·北宋贺铸

嬉笑怒骂嗔邪恶，钗头春意婆娑。不将纨绔作情哥。醉中几尽兴，酒醒一滂沱。

别有英雄垂厚爱，良缘毋失蹉跎。红楼尤物几何多？心高人命薄，如愿不争多。

## 【厅前柳】
### 范词·南宋赵师侠

暗嘘嗟！好事近，鸳鸯梦，浣溪沙。被浑浊声名误，俏冤家，性刚烈，思无邪。

只道是、相依千丈柳，竟牵藤绕树飞鸦。一片桃花血，映残霞，枉辜负，失奇葩。

# 邢岫烟

【邢忠夫妇女儿，邢夫人侄女。投亲住贾府。后被薛姨妈看中，央求贾母做媒嫁给薛宝钗堂弟薛蝌。】

## 【永遇乐】
### 范词·北宋苏轼

篱下依人，贫居寄食，同知凉热。赋有仙姿，生来傲骨，浓淡如冰雪。钗荆裙布，寻常颜色，不亢不卑洒脱。守穷闺、芬芳暗溢，品如蕙兰高洁。

身端气雅，情恬意惬，啜露饮风餐月。空谷佳人，灌愁淑女，无意争豪杰。辉光耀眸，良媒倚托，了却齐眉心结。霁残虹、岫烟出处，醉香馥郁。

## 【应景乐】
### 范词·宋萧回

端庄稳重，达理知书，秀敏而决洞。钟灵地，鸦巢出金凤。叹侯门借宠，红粉薄命，一枕黄粱空熟，依然酿春梦。

高雅岂狂纵？性淡洁、不慕虚荣，面对旧眷属，何必心动。飘渺烟霞，遗墓香冢。牵手绕羊肠，偕老愿相拥。

## 【清平乐】
### 范词·唐李白

幽微局促，失路人孤独。本色归真超凡俗，仍旧淡妆素服。

衣薄难耐寒春，窘困不倚豪门。友伴红楼闺蜜，师承槛外高人。

# 李　纹

【李婶娘女，李纨堂妹。父死后随母住贾府，曾参加几次诗社活动，参与芦雪庵联句，作《咏红梅花得"梅"字》。】

## 【梅弄影】
### 范词·南宋丘崈

访亲安住，贾府西园处。悲惜髫年失怙，譬若红梅，腊寒谁眷顾？

与其为伍，怎把群芳妒。尚记芦庵诗句，血泪酸心，临风频寄语。

## 【望梅花】

### 范词·五代和凝

吟咏红梅风骨，正是奴家操节，跌落芹泥香馥郁。

莫惹拈花蜂蝶，都道品高行自洁，身后任人评说。

## 【南歌子】

### 范词·晚唐温庭筠

韵和梅花咏，诗吟血泪痕。桃李正芳春。雪光开冷眼，暗销魂。

# 李 绮

【李纨堂妹，李纹胞妹。也曾参加诗词活动。曾作《咏荷诗》一首。后由王夫人保媒，嫁与甄宝玉。】

## 【绮罗香】

### 范词·南宋史达祖

蓼溆风光，清荷翠盖，姊妹绮红葱绿。灵秀精华，齐聚大观香国。艳桃李、蝶宿西园；润锦泥、燕栖南屋。荡兰舟、赞咏莲诗，点篙柳荫唱渔曲。

端庄娇媚不俗，凝露芙蓉颜色，好花谁属？巧合姻缘，假玉莫非真玉。有人云，替黛遗盟，我道是，移花栽木。到头来织女牛郎，鹊桥临夜哭。

## 【荷叶杯】

### 范词·南宋许棐

堪羡李家阿妹，心醉。玉立沐清风，体肤脂腻嫩如葱，碧落水芙蓉。

粉黛丛中琼蕊，兼美。天赐得相逢，甄郎非是贾相公，枝上枉飞红。

## 【南乡子】
### 范词·唐欧阳炯

藕榭香风，初开桂子荔枝红。蓼浦人家花漱雨，枇杷茹，剥剔殷勤欣递与。

## 夏金桂

【薛蟠之妻，外号"河东狮"，出身富贵皇商家庭，颇有姿色，识几个字，是一个凶悍泼妇、醋酸妒妇。】

## 【桂枝香】
### 范词·北宋王安石

刁蛮悍泼，竟粪土他人，唯我神佛。外具花姿柳质，内心蛇蝎。娇生惯养横行霸，任胡为、天成顽劣。逞强脂虎，河东狮吼，鬼神惊慑。

嫁皇商、飞扬跋扈。更暴戾无忌，欺夫凌妾。妒妇拈酸喝醋，气情骄黠。银壶浊酒勾阿叔，宝蟾阴险毒而绝。夏家金桂，独吞苦果，报还冤孽。

## 【折桂令】
### 范词·元倪瓒

桂枝香，粉蕊初黄。脂虎骄淫，怎耐凄凉？欲海生波，无风起浪，肆意癫狂。

戏阿叔，纵情放荡。妒香菱，鬼蜮心肠。闺阁强梁，算尽机关，家散人亡。

## 【桂殿秋】
### 范词·南宋向子諲

清浊论，女儿观。香草美人见识偏。河东一阵金狮吼，艳窟千红独自怜。

# 尤　氏

【贾珍妻（继室），宁府并无实权的当家奶奶，素日只顺从贾珍，既没才干，也没口齿，是个"锯了嘴的葫芦"。】

## 【看花回】
### 范词·南宋柳永

贾府孙媳第一人。听命阿珍。逆来甘受堪怜见，整日家、噩噩浑浑。妇随唯诺诺，夹缝求存。

莫道尤娘不自尊。气忍声吞。敢当危难知才识，理亲丧、独艳苦辛。揭开真面目，何辱侯门？

## 【竹香子】
### 范词·南宋刘过

嘴拙肠肥心软，闭一眼睁一眼。明知乏力却担当，只恨才疏浅。

低眉忍辱婉转，似面团、捏细揉扁。悠悠众口任嘈嘈，好个东园总管！

## 【落梅风】
### 范词·无名氏

知卿原是过来人，飘零恰似浮萍。寄名死水葬微身，苦无根。
玉簪含耻羞藏匿，阿珍秽乱侯门。拔光牙齿腹中吞，血留痕。

# 平　儿

【原为王熙凤陪房丫鬟、心腹，贾琏之妾。极聪明、清俊，为人很好，心地善良，常背着王熙凤做些好事。】

## 【枕屏儿】
### 范词·无名氏

仁厚纯良，难得贴心事主。不争春，平亦俏，亭亭楚楚。谙世故，宽而恕，中规中矩。为东家、历辛忍苦。

情掩虾须，藏发救琏温语。茯苓霜，玫瑰露，私盐假醋。息风波，平黑狱，避谗消妒。未辜负、那人眷顾。

## 【平湖乐】
### 范词·元王恽

处人行事恁真诚，谨慎犹聪颖。聻笑由衷寄情性，不逢迎。制宜应变任驰骋。周旋两府，玲珑八面，都道数阿平。

## 【醉太平】
### 范词·南宋戴复古

酸心醋情，夫妻失衡。无端迁怒平卿，自含冤涕零。怡红压惊，伊人酒醒。闲花野草分明，更悔惭不胜。

# 傅秋芳

【贾政门生、通判傅试之妹。兄趋炎附势，欲与豪门贵族结亲，二十三岁，尚未许人。】

## 【惜秋华】
### 范词·南宋吴文英

品貌双全，俏佳人、自是南飞孤雁。尚未许人，朱门贵宗寻遍。趋炎附势长兄，着意近缘攀亲眷。堪叹，误终身、小妹盈盈泪眼。

廿载寄闺怨。陌头三春尽，莫道秋华晚。钗虚影、心照映，玉花香远。嫦娥待字寒宫，倚画栏、蹙眉何展？期盼，会桃源、阮郎相伴。

## 【秋蕊香】
### 范词·北宋晏殊

廿二闺房空守，落叶秋风寒透。修能贤德全都有，只待阿郎牵手。

朱颜难得还依旧，封情窦。阿兄为我频奔走，寂寞一杯愁酒。

## 【秋风清】
### 范词·唐李白

寻知音，调素琴，有意试真假，无缘同枕衾。推翻茶碗知痴玉，月婆不识秋芳心。

# 娇 杏

【甄士隐丫鬟，因偶回眸得见雨村，后被讨做二房，一年生子；雨村嫡妻病故后被扶为正室。】

## 【杏花天】
### 范词·北宋朱敦儒

回眸一笑春风惹，遇娇杏、真甄假贾。倩容欣顾成牵挂，蓬户荆门下马。

仁清巷、人情造化；蒙侥幸，青云身价。道是机缘堪凭借，一段红楼佳话。

## 【喜迁莺】
### 范词·五代前蜀韦庄

原非假，亦非真，因果本同根。将枯朽木又逢春，时雨杏花村。

出于甄，归于贾，侥幸服牛乘马。家山灵秀露峥嵘，宅杏喜迁莺。

## 【一半儿】
### 范词·元张可久

葫芦旧事道因由，还记轩窗明月楼，奋志吟诗情未酬。醉清秋，一半儿机缘一半儿酒。

# 金陵十二钗又副册

## 晴　雯

【贾宝玉四个大丫鬟之一，风流灵巧，口齿伶俐，个性刚烈，敢爱敢恨，反抗遭报复，被驱逐惨死。宝玉作《芙蓉女儿诔》以祭。】

### 【芙蓉月】
#### 范词·南宋赵以夫

标致更灵巧，容淡冶、命里心高身贱。晴雯黛影，恁地红葩香软。憔悴芳姿披雨，绿梗厉风吹断。魂欲绝，魄归真，霁月彩云皆散。

风流惹人怨。自形形色色，炉火冰炭。听谗抱病，屏逐谁怜孤雁？纵使阑干敲遍，怎偿愿？徒哀婉，空祭奠，诔芙蓉、已成虚幻。

### 【荷叶铺水面】
#### 范词·南宋康与之

佳人抱病，临窗补雀裘，金针细线笃悠悠。夜阑更秉烛，倚枕拥衾叶报秋。

痴情绕指柔，香消影共瘦，韵损不掩风流。误落在红楼，缕缕织闲愁，难自休。

### 【晴偏好】
#### 范词·南宋李霜崖

披裘撕扇人嗤笑，心灵手巧空烦恼。情偏好，红颜薄命知多少？

## 花袭人

【宝玉四个大丫鬟之一，因姓花，故取陆游诗句之意赐此名。后为宝玉的侍妾。高鹗续稿：嫁蒋玉菡。】

### 【花上月令】
#### 范词·南宋吴文英

花风香气袭无形，作钗副，誉芳名。绛楼云雨高唐梦，泻温情。倾暧昧，醉虚荣。

贤淑顺良人赞许，心业业，事矜矜。宝光散尽珍珠暗，付优伶。泣幽怨，玉无声。

## 【后庭花】
### 范词·五代毛熙震

承欢献媚通时务，矩行规步。练达人情多世故，委身依附。
安于职守含辛苦，俨然门主。甘为公子终身误，最可心处。

## 【花非花】
### 范词·唐白居易

奴非奴，主非主，烂漫花，人皆妒。
情缘因果影随形，暮雨朝云无觅处。

## 金鸳鸯

【贾母大丫鬟。家生奴，甚受信任。贾母平日倚之若左右手，因此她在贾府丫鬟中地位很高。】

## 【金莲绕凤楼】
### 范词·宋徽宗赵佶

一样奴才家生子，人性美、汀兰江芷。主儿言语遵如旨，处威荣、却无骄稚。
都云大红大紫，原肇自、温良慧智。可悲婚事欺名字，头悬梁、不违其志。

## 【谒金门】
### 范词·五代韦庄

鸳鸯泪，酸苦直浇块垒，所愿此身门户对，作妾何相悖？

威逼不容置喙，捆缚岂能婚配，赦老骄淫凭富贵，我宁为玉碎！

## 【金字经】
### 范词·元张可久

耿耿鸳鸯结，岂能舒我心，完美姻缘何处寻？金，不为琴瑟音。红罗锦，引身归鹤林。

# 林小红

【林之孝女，原名林红玉，因重宝、黛名，避讳改小红。聪明机智，巧舌能辩。后嫁贾芸。】

## 【一萼红】
### 范词·南宋姜夔

恁聪明，有如簧巧舌，强辩透机灵。滴翠亭中，蜂腰桥上，传递消息零星。解人意、秋波澄澈，酿春梦、犹自寄闺情。渐涨心思，无端愁绪，激荡难平。

掷去抛来罗帕，待小鬟邀约，倩影娉婷。当户眉言，隔窗私语，空叹独步伶仃。也曾记、怡红邂逅，诉绸缪、感热泪温馨。祈盼关雎一对，偕老和鸣。

## 【醉红妆】
### 范词·北宋张先

生来剔透玉玲珑。易芳名、作小红。两般称谓一般同。眉山秀、醉妆浓。

机灵乖巧任从容。静如柳、动如风。凤姐痴哥皆顾宠，芸作伴、始而终。

## 【解红】

### 范词·五代和凝

结善果，解缘因，重情尚义知报恩。救难相探狱神庙，雪中送炭有心人。

## 白金钏

【王夫人房中丫鬟，本姓白，因与宝玉调情，被逐，后跳井自杀。金钏死后周年，宝玉私自去郊外祭奠。】

## 【握金钗】

### 范词·宋吕渭老

贞烈俏丫鬟，天真白金钏。戏言无忌遭遣，悲愤泣幽咽。含蓓蕾，正春时，花烂漫。

枯井落鸾钗，红销惜香浅。为谁一诺轻贱，公子能无曲肠断？归去也。对东风，滔泪眼。

## 【江亭怨】

### 范词·无名氏

浓抹淡妆窈窕，青缎背心红袄。世事不曾谙，犹似青春小鸟。孽子视为玉宝，婢女无如菅草。何至忍摧残，兀得冤魂归早。

## 【如梦令（平韵）】

### 范词·南宋吴文英

含悲投井夭亡，空留小妹神伤。阿姊洗冤白，唤回佛母慈肠。凄凉，凄凉，怎舍大好春光？

# 紫　鹃

【原名鹦哥，贾母房里二等小丫鬟，后送给黛玉，改称紫鹃。黛玉死后，被派到宝玉屋里，后随惜春出家。】

## 【鹊踏枝】
### 范词·五代南唐冯延巳

主仆情深同姐妹，相伴相随，老死终无悔。点点斑斑湘竹泪，风风雨雨摧花蕊。

多病常弥中药味，惯看痴情，更痛伊憔悴。窗下伤心人不寐，杜鹃泣血怡红愧。

## 【鹧鸪天】
### 范词·北宋晏几道

侠婢真诚性慧聪，鹦哥怎比紫鹃红。伤情最是潇湘月，泣泪常为杨柳风。

悲诀别，忆相逢，而今人去小楼空。吃斋念佛孤灯伴，心死犹怀警幻宫！

## 【乌夜啼】
### 范词·南唐后主李煜

一夜风吹雨，秋声散尽凄凉。离离箸竹谁摇曳，疑是玉姑娘。

曾记葬花焚稿，乌啼鹤影寒塘。梦乡仙路遥相望，何处诉衷肠？

# 黄莺儿

【宝钗丫鬟，乖巧，擅长打络子、编花篮等，还颇懂色彩搭

配。宝钗嫁后，为陪房丫鬟。】

## 【黄莺儿】

### 范词·南宋柳永

天生娇媚真机巧：嘴巧如簧，花舌传声；手巧裁编，柳篮丝套；偏五岳峻峰藏，一点灵犀晓。主奴同契因承，耿耿忠心，从好终了。

无恼。马首是唯瞻，命里相依靠。锁金衔玉，绝配良缘，莺儿侧击旁敲。当玉宇月儿圆，苑外花枝俏。直将满把韶华，都付春光老。

## 【离亭燕】

### 范词·宋张升

兀自溪堤折柳。挽翠披金随手。编织花篮为主友，气得老娘干吼。闲事惹风波，都道泼婆昏朽。

招引一班红袖。童髫岂知羞丑。俐齿伶牙悬河口，就数莺儿难斗。簧舌显锋芒，哪管芝麻黄豆？

## 【杨柳枝】

### 范词·五代温庭筠

灵慧莺儿识玉簪，黑珠金线配天琛。俏丫巧结梅花络，欲系玲珑玉石心。

# 麝 月

【宝玉身边一等丫鬟，其脾气秉性与袭人相似。贾宝玉和薛宝钗落魄后，依然还在身边服侍。】

## 【月上海棠】

### 范词·无名氏

怡红几许春秋夏，便凌寒、犹有泌香麝。美景良辰，共梳头、碧纱窗下。无须说，寂静朦胧月夜。

韶华胜极将疲罢，似荼蘼、花开即凋谢。匿笑回眸，且怀想、袭人初嫁。众芳尽，更作身边仰借。

## 【月宫春】

### 范词·五代毛文锡

牖开明镜仰冰轮，嫦娥最献勤。任劳任怨守安分，更能体贴人。

莫道袭卿传代任，都言利口似探春。云散遥看麝月，伴钗谁倚门？

## 【拜新月】

### 范词·唐李端

檀云爱搔首，麝月解人意。
口里情不饶，挺身完花事。

# 司 棋

【迎春头号丫鬟，品貌风流、性情刚烈、行为泼辣。与表兄潘又安私通，丢失绣香囊，后被撵出大观园。】

## 【破阵子】

### 范词·北宋晏殊

趁得桃源有路，难为野合鸳鸯。山洞偷情脂粉泪，石畔贪欢云雨乡，盖天地当床。

纵使沉迷美梦，不该遗失香囊。月色朦胧遮丑布，秋夜阑珊掩恐慌，一朝作嫁殇。

## 【卜算子】
### 范词·北宋苏轼

品貌足风流，刚烈无长寿。爱恨情仇与俱来，慧眼分良莠。

只怨二木头，懦弱随风柳。泪尽伤心紫菱洲，枉种相思豆。

## 【捣练子】
### 范词·南唐冯延巳

冰雪地，绽奇葩，来世当生富贵家。绝巘岂容连理树，朔风吹折合欢花。

# 白玉钏

【白金钏妹妹，与其姐同为王夫人丫鬟。】

## 【采桑子】
### 范词·南宋朱淑真

同胞夭逝情难忘，此恨牵肠，犹自神伤。小叶清荷沥苦汤，教我怎亲尝？

去年今日孤魂丧，愤厥高堂，茅舍凄凉。环顾身旁感旧哀，割肉补新疮。

## 【何满子】
### 范词·五代和凝

捻土作香偷祭，心中悔恨难平。荷露亲尝消怨怒，不情犹似多情。姊妹何其差异？主奴元化无形。

## 【采莲子】
### 范词·唐皇甫嵩
蜜语甜言酒一杯，碗边唇印却为谁？
不思反报消怨恨，枉自多情惹是非。

# 茜 雪

【宝玉大丫鬟。因枫露茶被宝玉一怒撵出。据脂批：贾府落败后，茜雪曾去狱神庙安慰宝玉，见其侠义。】

## 【雪花飞】
### 范词·北宋黄庭坚
逢怒丫鬟一哭，无端放逐呵驱。公子随心所欲，从此音无。
枫露空遗憾，蒙冤怎抵嘘。奴媪逍遥事外，侍婢何辜？

## 【清商怨】
### 范词·北宋晏殊
关河愁里常晚眺，兴衰应前兆。雪压皑皑，独孤狱神庙。
当年一怒音杳，毕竟是、宿缘未了。探问痴人，怨而将德报。

# 柳五儿

【厨役柳嫂之女，行五故名，后为宝玉丫鬟。】

## 【淡黄柳】
### 范词·南宋姜夔
秉晴袭黛，多病多愁瘦，雨打芙蓉风折柳。漫道生还死复，冰骨柔情尚依旧。

转身走，迷途早抽手；劝公子、莫挑逗。到头来、错爱芳魂候。覆辙前车，得无明鉴？犹在愚人末后。

### 【柳梢青】
范词·北宋秦观

少女同痴。五儿轻薄，雅自矜持。意马心猿，羞含床榻，恨在闺帷。

病中细诉相思。弱柳质，多情作痴。绝可人怜，皆称狐媚，脂粉谁悲？

# 金陵十二钗三副册

## 贾　敏

【贾母之女，贾赦、贾政之妹，宝玉姑姑，嫁林如海为妻。先育有一子，养不到三岁便夭折了，后诞下林黛玉。】

### 【天门谣】
范词·北宋贺铸

明敏娇眉黛，倍高贵，万千怜爱；持训诫，适探花如海。

命乖舛金枝时不待，一疾而终无可奈。堪怅慨，历历数，亲情孽债。

## 【散余霞】
### 范词·北宋毛滂

侯门闺秀如珍宝，贾敏初嫁了。夫妇琴瑟和谐，爱亲无偕老。
孤庭独苗早夭，母作无辜鸟。遗下弱女孤凄，更恹恹病扰。

## 【晴偏好】
### 范词·北宋李霜崖

惊鸿娇艳终飞鸟，金枝玉叶如蒿草。常言道，红颜易老天难老。

# 邢夫人

【贾赦续弦。禀性愚弱，只知奉承贾赦，娄取财货，平常待人
接物，称"尴尬人"。】

## 【寻芳草】
### 范词·北宋辛弃疾

禀性本愚弱，更尴尬、昧心浑浊。独娄财、俭啬犹龌龊，瓦檐
边、小家雀。
一味地趋承，任由尔、恣横敲朴。道难堪、却惹人烦恶。常傲
僻、欢情薄。

## 【杏园芳】
### 范词·晚唐五代尹鹗

寒门未耻填房，狼心狗肺鸡肠。贪夫老色逼鸳鸯，耍花枪。
无知鄙俗掀风浪，时机待到张狂。推波还借绣香囊，自戕伤。

# 王夫人

【贾政之妻、京营节度使王子腾之妹，贾府实权派，深得贾母信任。貌似善人，吃斋念佛，可她虚伪残酷，是戕害大观园奴婢的元凶。】

## 【兰陵王】
### 范词·北宋周邦彦

出华阀，王贾联姻史薛。侯门女、原本大家，犹自端庄逞风骨，尊荣不必说。皆曰、炎炎烈烈。无非是，天命肇基，娴静宜家好腾达。

慈颜若菩萨。却伪善虚邪，心若蛇蝎。死生予夺徒参佛。曾屈死金钏，晴雯惨绝，司棋入画泣幽咽。捡抄造冤孽。

凄切。郁而殁。更一意孤行，三分专跋，听谗溺爱依饶舌。诉元凶罪恶，女奴鲜血。大观园里，筑红梦，葬艳窟。

## 【误桃源】
### 范词·宋时无名氏

骨肉血浓水，至爱数娘亲。宠儿唯命根，冷三春。

宅心系宝玉，呵护笃情真。刻薄逐莺燕，护天伦。

# 赵姨娘

【贾政之妾、贾探春和贾环之母。惯于搬弄是非，挑拨离间；言语粗俗，阴险狠毒。不满侧室地位，常欺负仆人。】

## 【倚西楼】
### 范词·南宋韦彦温

鄙贱根基堪耻辱，生在豪门难积福。妾身卑亵性愚柔，脏口秽污真猥俗。

娇女能贤如世仇，劣子偏才徒祸毒。心存遗恨有谁知？教我不得笑来不得哭。

## 【回心院】
### 范词·辽萧观音

诉悲苦，恨里藏酸妒。欺凌受尽谋道婆，毒咒邪魔报仇主。诉悲苦，雪羞侮。

# 周姨娘

【贾政之妾。常与赵姨娘出现于奉侍场面，人品比赵姨娘要好，颇得合府上下称道。】

## 【二色宫桃】
### 范词·无名氏

与世无争求淡定，不管那、群芳争竞。唯有悄然僻角开，谁留意、暮春红杏？

心如槁木香灰冷，叹从来、只形孤影。可有可无局外人，当陪衬、幸乎何幸？

## 【凤孤飞】
### 范词·北宋晏几道

择路矩行规步，不敢高声语。枉作姨娘恨苦，最失意、无儿女。

赵氏卑微天未负，依然可、做人庶母。端的珠黄颜老去，妾身归何处？

# 宝 蟾

【夏金桂陪房，后赐予薛蟠为妾。有三分姿色，举止轻浮。主仆两个是可悲可怜可恨的女人。】

## 【步蟾宫】
### 范词·北宋黄庭坚

随形如影一丘貉。看蟾桂、售奸同恶。枉争风、摆布苦香菱，更纵浪、薛蝌惊怍。

弄姿搔首寻淫乐。共作个、洞仙鸾鹤。费心思，工设计，害同侪，巧成拙、徒悬绳索。

## 【城头月】
### 范词·南宋马天骥

三分妩媚三分毒，更带三分俗。举止轻浮，心灵醌醱，放荡思淫欲。

害人害己冤魂哭，贱婢终无福。下作帮凶，狰狞鬼蜮，犹自凌其辱。

# 封 氏

【封肃之女、甄士隐夫人。甄家失火后投靠娘家。甄士隐出家后，幸遇贾雨村娶娇杏，聊以自慰。】

## 【翻香令】
### 范词·北宋苏轼

书香门第傍禅林，上元祸起失千金。哀伤痛，悲回禄，更哪堪，势利冷森森。

欲尘看破遁凡心，可怜琴瑟绝知音。且侥幸，仁清巷，遇斯人，聊以遣愔愔。

## 【纥那曲】
### 范词·唐刘禹锡

宁可守清贫，苦穷难靠亲。
莫言虚情假，尘世几多真？

# 鲍二家的

【丈夫名叫鲍二，故称鲍二家的。因与贾琏偷情，被王熙凤当场捉奸，羞愧自缢而死。】

## 【百宜娇】
### 范词·北宋吕渭老

两只金簪，半箱绸缎，交换几番云雨。酒拂心旌，被翻红浪，狗苟蝇营男女。厨工庖宰，怎比那、风流纨绔。约东风、红杏出墙，恰逢枯旱甘露。

浮荡子、花言巧语，苟合野鸳鸯，鄙夫淫妇。一个贪财，一个好色，难得雄狼雌虎。春光乍泄，正烈火、煎油烹醋。赴黄泉、痛辱汗羞，自行归路。

## 【彩鸾归令】
### 范词·南宋张元幹

巴结勾连，罄色求财不素餐。将身换取一时欢，化灰烟。

粉融香润堪嗟叹，玉碎魂销亦可怜。白绫三尺绝尘缘，挽红颜。

## 多姑娘

【晴雯表嫂，蔑视男权，情放浪，性开放。】

## 【应景乐】
### 范词·宋萧回

千般丽色，万种风情，放荡欢枕席。撩人处，天生赋奇癖。惯偷腥窃蜜，拈草逐蝶；更以娇姿淫态，悠然夺魂魄。

琏二犹嫖客，应景乐、骨软筋舒，欲罢舍不得，胶乳投漆。尝尽红男，何计焚溺？无可道轻浮，倾倒雪芹笔。

## 【茶瓶儿】
### 范词·北宋李元膺

历来风流身窈窕，绛裙下、神魂颠倒，花落知多少？小髻黄发，老少呼晴嫂。

窥见怡红公子俏，情欲染眸兜怀抱。心悸唯痴笑，不堪骚扰，撩逗难羞恼。

## 秋 桐

【原为贾赦丫鬟，贾琏偷娶尤二姐后赏为妾。王熙凤用她"借剑杀人"，害死尤二姐。】

## 【梧桐雨】
### 范词·程家锐（朝代不明）

秋风劲，喜鹊占梧桐，叽叽喳喳若斗蛋。搬弄是非充枪棒，水火冰炉不可容。

受宠几许何得志，刀剑如林影憧憧。俗言道：苦胆黄连味相同，争风鹬蚌不善终。

## 【梧叶儿】
### 范词·元吴西逸

兔儿死，良犬烹，钟磬为谁鸣？堪怜恨，怒不争，慕虚荣，当记红颜薄命。

## 【梧桐影】
### 范词·唐吕岩（洞宾）

星汉稠，人情冷。明月满亏年复年，而今不见秋桐影。

# 四姐儿

【贾府宗族，贾琼之妹。虽家境贫寒，但生得好，说话行事与众不同，很得贾母喜爱。拜贾母寿，邀榻前同坐。】

## 【越江吟】
### 范词·北宋苏易简

身居贫境容颜好，窈窕，远房宗族凭靠。人乖巧、言行合道，循敦教。

祝芳辰、风物妖娆，陪谐笑。同欢共榻荣耀。尊家媪、娱亲敬老，投还报。

## 【闲中好】

### 范词·晚唐段成式

蒙关照，荣府乐逍遥。毕竟亲疏别，何来心气高？

# 傻大姐

【贾母粗使丫鬟。体肥面阔，生性愚顽，出言使人发笑，故名"傻大姐"。】

## 【侧犯】

### 范词·两宋间周彦邦

体肥面阔，一双大脚天然美。麻利。讪笑逗愚顽、供驱使。都称傻大姐，言出皆嬉戏。粗鄙。低弱智、哪知其羞耻。

香囊捡得，未解芳春意。无避忌。惹风波、轻泄掉包计。钝眼迷离，不悲不喜。大厦将倾，关我何事？

## 【木笪】

### 范词·元白朴

拙愚天性也，粗野难高雅。满口咿呀皆傻话。开言何所忌？率真无价。

作聋充哑，哪管春秋夏，质朴单纯天不怕。玄机谁露泄？大脚傻姐。

## 【塞姑】

### 范词·唐无名氏

误拾春囊暗讶，笑看妖精打架。谁料惹来风波，傻姐无端挨骂。

# 金陵十二钗四副册

## 史太君

【人称老祖宗，贾府最高权位者。贾宝玉祖母，林黛玉外祖母，史湘云姑祖母。】

### 【保寿乐】
范词·南宋曹勋（北宋末词人曹组子）

慈爱本来无过，宠溺顽孙真宝贝。似隔代犹亲，掌上明珠，项间环佩。惯养娇生，混香脂气味，人生视为儿戏。任恣纵淫逸，侈靡颓废。

不求精雕成器。且看透、繁华浮世。姻缘可怜见，钗黛玉，怎交缔？悲喜共溅泪，何如早归霄际。免得两羞愧，难辞咎罪。

### 【感皇恩】
范词·北宋毛滂

福寿占双全，钟鸣鼎食，富贵荣华享恩锡。簪缨诗礼，金粉世家勋戚。太君何赫赫，谁堪匹？

大母仪容，儿孙绕膝，体度端良显悠逸。恤贫惜老，善目慈眉仁德。躬逢繁盛时，乐无极。

### 【献天寿】

范词·无名氏

富贵曾经遐寿长，五福其昌。尽情欢乐岂无疆，安枕梦黄粱。马龙车水朱门过，赫赫扬扬；三春过后失风光。既家破，又人亡。

### 【寿阳曲】

范词·元张可久

侯门女，风雅儒。享尊荣，得风呼雨。羲娲破天能补否？惜残生，莫如归去。

## 刘姥姥

【王成岳母、板儿姥姥。善良正直，聪明能干，很重情义，曾三进荣国府。】

### 【华胥引】

范词·北宋周邦彦

茅篱村妪，愚陋轻微，本分厚道。目不知丁，蒲根草芥刘姥姥。侯府拍打秋风，博朱门欢笑。妙趣横生，醉花晕叶多少？

着意宣科，智若愚、会心衔巧。魄魂颠倒，相投同龄媚好。乞食攀亲附凤，滴水恩图报，善结机缘，得来大树依靠。

### 【好事近】

范词·北宋宋祁

三进大观园，笑语欢声无限。富贵哪知穷苦，馈饥黎一饭。

穿红戴绿菊花簪，俚语村言侃。送炭雪中济急，报恩何早晚？

## 【接贤宾】
### 范词·唐末五代毛文锡

乡间姥姥热心人，忍饥守柴门。贫穷何必自弃，附势攀亲。

昔缘留取天长久，芳名乞巧前因。世事无常难料得，荣枯兴废循轮。一瓢羹，一碗饭，自盛德鸿恩。

# 尤老娘

【尤二姐、尤三姐之母，贾珍妻尤氏继母，寄居宁府。她是个失败的母亲。】

## 【朝玉阶】
### 范词·北宋杜安世

流逝韶华恨未平，寡居难守节，欲尊荣。行将尤物作花瓶，机关皆算尽、误卿卿。

乱伦无视悖常情，前因担后果，辱清名。虽投夫女不亲生，运乖兼命薄、苦伶仃。

## 【步虚子令】
### 范词·无名氏

惯经风月老途穷，攀附打抽丰。克夫凶命，苦身秋叶飘蓬。俏寡妇、可怜虫。

仗依俩女皆尤物，金浴血、剑喷红。智昏利令，望中排设牢笼。问底事、一场空。

## 【忆王孙】
### 范词·北宋秦观

今生依靠石榴裙，篱寄巢栖富贵门，寡耻无廉丧自尊。罪相因，忘却前生托后身。

## 赖嬷嬷

【赖大母，贾府老主子奶妈，她在贾府里属于年高体面、有权有势的老嬷嬷。】

### 【滚绣球】
#### 范词·宋赵长卿

三代侍宁荣，凭累积、终成高贵。内帷深处，忠诚无二；察言观色，伶牙俐齿，审权乘势。

诚子感恩怀惠，长惜福、得来何易？老奴犹主，显名尊位；骄矜两府，声威八面，赖家谁比？

### 【端正好】
#### 范词·北宋杜安世

老婢年高承恩典，居然有、厅厦林苑。掌权奴仆位尊显，子管家、孙知县。

媳熬成婆，溪成涧，凭栏望、迢迢途漫。身微顺变莫轻贱，得势时、回头看。

## 费婆子

【邢夫人陪房，仗着其主，倚老卖老，常吃些酒，嘴里胡骂乱怨，是个滋生祸端的小人。】

### 【泛兰舟】
#### 范词·无名氏

愚主庸奴依仗，不时兴风浪。费婆不过陪房，遗丑出洋相。贪酒胡吣，施才展技，驱鸡言狗，唆讽挑词连党。

恁奸佞。卑琐小人，插葱猪鼻且充象。倚老卖老轻狂，空话漫天谎。凌弱攀强，为虎作伥；风光占尽，俨然虎威模样。

### 【霜天晓角】
范词·林逋

太君寿祝，费婆忙碌碌。到处呼幺喝六，趁酒兴、弄手足。

抑郁，鸣不服，为亲家张目。走狗矫情仗势，讨没趣、自羞辱。

## 马道婆

【贾宝玉寄名干娘，栊翠庵打杂道姑，是个见钱眼开、邪魔歪道的巫婆。】

### 【迷神引】
范词·南宋柳永

弄鬼装神歪邪道。害命图财巫媪。招摇撞骗，精乖刁巧。舌如簧，唇如剑、面如槁。皮里春秋暗，藏奸笑。贪妇心肠黑，食亡鸟。

歹毒干娘，索贿伸魔爪。醋妒姨娘，思行吊。臭腥同味，似狼狈、相投好。敛金银，戕鸾凤、毁珍宝。荣府无宁日，灾星照。从来伤天理，总还报。

### 【法驾导引】
范词·两宋间陈与义

金可爱，银可爱，人活只为财。财富取来终有道，歪门邪道必生灾。能不叹悲哀！

## 赖大家的

【赖大妻子，人称赖大家的。参与宁荣两府的许多事情，维持着各种日常关系。】

### 【唐多令】
#### 范词·南宋刘过

贾府出奇葩，精明赖大家。仗婆婆、极力拉巴。结得融通关系网，园内外，一齐抓。

宽厚积荣华，矜持不自夸。练人情、跌打攀爬。破费不多诚素雅：风筝架、水仙花。

### 【小重山】
#### 范词·唐末薛昭蕴

赖大寒荆名不虚，夫妻皆总管、孰携扶？佣奴发迹转财奴，花园阔、茅屋变华居。

眼线布当初，人情常打点、自威如。几人权重不贪污？非关系、何以展宏图？

## 周瑞家的

【王夫人陪房，在荣国府管太太、奶奶们出门事，后因犯事被撵。】

### 【太常引】
#### 范词·南宋辛弃疾

半奴半主会当家，专管出行车。陪嫁尽生涯，懂礼数、花唇利牙。

有恩必报，无心作恶，剔刺善栽花。乐助更当夸，不忘本、忠诚可嘉。

### 【后庭花】
#### 范词·五代后蜀毛熙震

真诚乐助何言谢，斡旋传话。接引村妪恩大也，暗中施舍。
宫花送达颦颦姐，却遭嬉耍。都怪螟蛉横祸惹，罪身难赦。

## 来旺家的

【王熙凤陪房、眼前红人，在其他家仆面前显得更有面子，常仗势欺人。】

### 【风入松】
#### 范词·北宋晏几道

凤姐走狗亦陪房，来旺婆娘。放钱敛息谋私利，大红人、纽带桥梁。经管充当肘臂，瞒赃痴掩心肠。
东窗横事引灾殃，对簿公堂。暗知明细难推托，到如今、独自凄凉。为主担当琐碎，夫妻替罪羔羊。

### 【蝶恋花】
#### 范词·南唐冯延巳

狐假虎威知仗势，霸主牵绳，恶婢谋佳丽。谁把鲜花污淖坠？彩霞失色云飞逝。
来旺有儿诚可鄙，缺德无行，不肖轻浮子。未许成亲强占美，惊残好梦红颜泪。

## 吴新登家的

【荣府银库总领吴新登的妻子，管家娘子之首，善于察言观色，爱耍小聪明。】

### 【望云间】
#### 范词·金代赵可

随嫁金陵，专力尽心，殷勤犹善逢迎。更家奴统领，争得殊荣。存意阴谋试主，刁奴险恶狰狞。趁机常生乱，得势猖狂，浑耍聪明。

观言察色，俯首低眉，俨然老道灵精。凭你挑唆离间，朋党经营。原本测渊投石，谁知自陷泥坑。小儿把戏，一帘幽梦，半世人生。

### 【望江怨】
#### 范词·晚唐五代牛峤

堪嗟叹，两面三刀望江怨，明枪加暗箭。嘴甜心苦生邪念。使花绊，乘间发阴招，吃亏方恨晚。

## 林之孝家的

【小红之母，王熙凤陪房，不善言谈，颇有才干。】

### 【临江仙】
#### 范词·五代后蜀张泌

老仆持家犹得力，凤姐心腹随从。夫妻地哑配天聋，心思缜密，言出不由衷。

着意仰高承器重，干娘叫得从容。职司田产派奴佣，大权在握，只为女儿红。

## 【梁州令】
### 范词·北宋晏几道
管事抬身价，莫道狐真狐假？谁抛绿豆捡芝麻？鸡头总比牛后雅。

阎罗凶恶无须怕，小鬼难招惹。人情不可凭借，谈虚最是官场话。

## 王善宝家的

【邢夫人陪房，得力心腹，一个仗势欺人、庸俗、愚蠢之辈。】

## 【声声慢】
### 范词·南宋高观国
随声附和，仗势欺人，堪称得志宵小。庸主恶奴，活宝一双显耀。惯于里翻外挑，惹是非、莫名其妙。似疯狗，正病狂乱叫，张牙舞爪。

巧借春囊骄伐，最得意、抄检奋身前导。愚妄无知，一记耳光该讨！鲛绡奁中抖出，自缄口、引为讥诮。自打嘴，活冤业、现世现报。

## 【摊破浣溪沙】
### 范词·南唐中主李璟
鼠肚鸡肠总掐尖，狂言饶舌惹人嫌。诋毁晴雯含怨愤，喜沾沾。

大事小情常露脸，听风见雨总旁瞻。倚老卖乖撩祸乱，火炎炎！

# 金陵十二钗五副册

## 龄　官

【贾府十二个唱戏的女孩之一，常扮小旦，长相、气质很像林黛玉，素与贾蔷相好。】

### 【雨中花令】
#### 范词·南宋程垓

秋水春山真媚好，艳阳天、晴丝袅袅。公子痴情，女儿幽怨，遗恨知多少？

记得去年遵凤诏，上元夜、龄官名噪。借此西楼，一轮明月，两出莲花闹。

### 【眼儿媚】
#### 范词·南宋左誉

微雨淋漓噪鸣蝉。青鸟莫探看。蔷薇架下，一双呆雁，两匹心猿。

金簪画字斜风里，杏眼泪潸潸。相呼不觉，声声淅沥，阵阵嘘叹。

## 【画堂春】
### 范词·北宋秦观

无端买得雀玲珑，衔旗串戏兜风。怨嗔栖意设牢笼，哪得从容？

何必赌神起誓、阿侬任放天空。自由自在傲苍穹，追逐飞鸿。

# 芳　官

【原姓花，姑苏人，饰正旦。戏班解散后为贾宝玉丫鬟。后遭陷害被撵，入空门。】

## 【早梅芳】
### 范词·北宋周邦彦

点群芳，梨香院，唯尔芳名显。憨情娇态，眼语眉言婉而转。醉醋含愧意，醒罢妆慵懒。看鸿惊鹤鸶，满座共嗟叹。

倚蛮床，帘半卷，同枕啼莺燕。怡红公子，宠爱愈加骨酥软。色空因大觉，妖媚当遭遭。早皈依，青灯邀佛面。

## 【翻香令】
### 范词·北宋苏轼

聪明灵巧一枝花，傲然倔强性无邪。优伶女，男儿气。不掩疵，爱恨口难遮。

重情存义更堪嘉，笑开星眼岂容沙。解人意，排人困。到头来，招谤袭袈裟。

## 【花前饮】
### 范词·无名氏

艺佳容美正花旦。最心爽、怡红香院。快慰春意浓，且洒脱、无羁绊。

莫道多情恨缘短。谤狐媚、鸳鸯离散。枉自投气分，只落得、意缱绻。

## 蕊　官

【梨香院女伶，饰小旦。戏班解散后，归入薛宝钗房。与芳官、藕官最为相厚。】

### 【秋蕊香】
范词·北宋晏殊

梨蕊香残春院，姊妹风流云散。蘅芜有幸为钗伴，好景不长遭遭。

干娘欺侮曾开战，恩情断。成灰万念皆虚幻，遁入空门无怨。

## 藕　官

【扮小生。戏班解散后为林黛玉丫鬟。药官死后，悲痛欲绝，烧纸祭奠。后出家为尼。】

### 【青门引】
范词·北宋张先

莫辨非而是，鸾凤契谐同志。逢场作戏假成真，衣冠优孟，结发学连理。

春风冷淡烧冥纸，滴滴伤心泪。哪堪恶妪财聘，佛门自把青丝剃。

# 豆　官

【饰小花脸。身量年纪皆极小，又极机灵，故曰"豆官"。戏班解散后，随侍薛宝琴。】

## 【锦缠道】
### 范词·北宋宋祁

短小形容，稚齿性真年幼，鬼灵精、顽皮撩逗。海棠经雨胭脂透，目秀眉清，满脸呈憨厚。

闹台鸣不平，赵姨狮吼，斗花枝、谑谐裙垢。问豆童、抄检何处去？宝琴侍婢，寂寞空门后。

# 宝　官

【饰小生。常到怡红院嬉耍。戏班解散后，即随干娘出园，等亲生父母接回家乡。】

## 【捣练子】
### 范词·南唐冯延巳

生旦末，戏逢场，名字犹沾宝玉光。
自打梨园花落尽，待随明月返家乡。

# 玉　官

【饰正旦。戏班解散后，出园等候亲生父母接回家乡。】

### 【少年游】
范词·北宋晏殊

诸官命运似相同，钗黛映怡红。三位一体，双双对照，都在寓言中。

莺莺燕燕梨香院，习习粉脂浓。垂髫朱颜，女优身世，转眼即飘蓬。

# 文　官

【梨香院十二官之首，饰小生。深得贾母喜爱，戏班解散后，单把她留下使唤。】

### 【定风波】
范词·五代后蜀欧阳炯

贾府梨园众女优，文官翘楚领班头。点戏排场伊为首，灵透，口才凌厉最风流。

弄巧卖乖欢贾母，识务，旦生丑末演红楼。驱逐大观留自使，窃喜，何从何去却无由。

# 茄　官

【梨香院女优，饰老旦。戏班解散后被尤氏讨去做丫鬟。其结局亦无下文。】

### 【清商怨】
范词·北宋晏殊

梨园行里饰老旦，未老秋向晚。雁字南飞，乱红遮泪眼。

难得愁眉舒展，又适逢、尤氏招唤，讨作丫鬟，随缘何所怨？

# 葯　官

【亦作"药官"，饰小旦。戏中与小生藕官常扮夫妻，同性相恋，但不久夭亡。】

## 【凤来朝】
### 范词·北宋周邦彦

络脉通莲藕，本同根、赖依固守。更相濡以沫、长牵手，共生死、结偕偶。

假凤虚凰情友，扮夫妻、誓盟永久。惜早逝、悲夭寿，痛欲绝、疾心首。

# 艾　官

【饰老生。戏班解散后为贾探春丫鬟。逐出大观园后，被干娘领出自行聘嫁。】

## 【黄钟乐】
### 范词·唐魏承班

优伶儿戏演悲欢。淘尽沧桑惆怅，风月叹无缘。长扮老生情渐老，聪明灵巧亦徒然。

偏记心台晴雪寒。帘外窥探春色，怀古倚栏杆。何问秋来冬去后，落花流水泻红颜。

# 葵　官

【梨香院女优，韦姓，饰大花脸。戏班解散后，为史湘云丫鬟，改名韦大英。】

## 【折花令】

范词·宋无名氏

仰慕天空，金葵灿烂随阳渐。刮短发、弹长剑，身手不平凡，武生花脸。

粉墨油彩，英雄本色标风范。工打斗、精铺垫。做戏假男儿，人生惨淡。

# 金陵十二钗六副册

## 抱 琴

【贾元春丫鬟，是随贾元春进宫唯一有名字的侍女。】

### 【江城子】

范词·北宋苏轼

祥云红绕伴元春，远嚣尘，渡黄昏。鼓瑟知音，何处得相闻？随驾省亲曾一现，东逝水，渺无痕。

侯门辞别入宫门，献殷勤，泪沾裙。剩惠残恩，失却是灵魂。寂寞昙花凋谢后，谁还记，抱琴人？

## 侍 书

【贾探春丫鬟，后随远嫁异域。心眼灵活，口齿伶俐。】

## 【喝火令】

范词·北宋黄庭坚

近墨难为白，挨红赭也朱，俗言其主出其奴。伶牙俐齿情状，传语滚连珠。

腊尽探春意，闲来侍读书，毕身随嫁远江隅。怎奈烟迷，怎奈月模糊，怎奈雁行孤独，万里绝归途。

# 入　画

【贾惜春丫鬟。原属宁府，自小随贾惜春到荣府。为哥哥保管财物，抄检被发现，驱逐。】

## 【浪淘沙】

范词·南唐李煜

花落惜三春，不测风云，无端屈煞画中人。梦里不知冤枉罪，午夜惊魂。

冷漠淡疏亲，有口难分，悖乖小姐一根筋。欲绝红尘抛秃笔，苦了孤身。

# 坠　儿

【贾宝玉丫鬟，与小红是密友，曾为贾芸传递手帕；后因偷平儿镯子，被晴雯撵走。】

## 【苏幕遮】

范词·北宋范仲淹

坠儿身，原玉璞。私欲初萌，隐匿虾须镯。毕竟贪婪成大错。暴戾晴雯，睚眦惩微恶。

坠儿心，非龌龊。抱罪怀瑕，好梦方惊觉。行走高危休失足，入世未深，不晓人情薄。

## 素　云

【李纨首席大丫鬟，地位高于另一名丫鬟碧月。】

### 【相思引】
范词·南宋袁去华

淡抹胭脂映素云，贴心相伴未亡人。晨昏夜静，寂寞稻香村。
尤氏光临调粉黛，丫鬟献媚枉殷勤。无端训斥，谁辨假和真？

## 翠　缕

【原是贾母丫鬟，后侍奉史湘云，亦称"缕儿"，是一个灵慧天真的小丫头。】

### 【散余霞】
范词·北宋毛滂

天真聪慧犹娇嫩，稚气含混沌。闲话天地精灵，一番阴阳论。
麒麟拾来探问，小姐飞红晕。谁懂翠缕情思，把痴心竭尽。

## 雪　雁

【林黛玉从苏州带来的贴身侍女。刚入贾府时不到十岁。后配了个小厮。】

## 【孤鸾】

### 范词·南宋朱敦儒

雪中孤雁，自小侍娇身，姑苏乡眷。待到金陵，禀命紫鹃差遣。充当姐儿副手，候时时、疾呼轻唤。年幼不知深浅，却幸蒙恩典。

念故人、犹记掉包案。旧婢耻搀新，惭愧羞赧。抱憾将身误，令肝肠寸断。风刀叠加雨箭，更哪堪、楚魂幽怨。噩梦醒迟恨晚，痛扶灵南返。

## 秋 纹

【贾宝玉丫鬟，是个自视颇高、尖酸俗气、上恭下倨之二等奴才。】

## 【新雁过妆楼】

### 范词·南宋吴文英

媚骨骄骄。青白眼、尖酸俗气乖刁。二等丫头，兀的自视颇高。下倨扬声争宠耀，上躬屈膝更弯腰。恁招摇，忽而虎犊，猝尔羊羔。

三分小恩小惠，便眉飞色舞，不绝滔滔。妒心谗口，诬引竟自嚣嚣。呼来唤去狗剩，叹少耻无廉令吐槽。甘卑贱，恨天生奴性，轻若鸿毛。

## 碧 痕

【贾宝玉丫鬟，牙尖嘴利，心气儿颇高，在《红楼梦》里是个若隐若现浪荡女。】

## 【红窗迥】

范词·北宋周邦彦

皆婢妮，小姊妹，夹攻又何忍？毒牙俐齿，闲纵嫉邪心气，恶损同党类。

沐浴茜纱疑暧昧，笑碧痕水渍，成为谑戏。粉饰虚张冥晦，恼得人愈醉。

# 春 燕

【何婆之女，贾宝玉丫鬟。聪明乖觉，又善随机应变。】

## 【卓牌子】

范词·北宋杨无咎

当差怡红院，乖巧也、机灵善变。荣府世代家奴，是从唯命辛劳，处身低贱。

阿姑严禁管，柳叶渚、缘莺叱燕。引发口角风波，一番真语，翻思令人嗟叹。

# 四 儿

【原叫芸香，后来袭人给她改名字叫蕙香，宝玉嫌"晦气"改为"四儿"。】

## 【山花子】

范词·南唐李璟

三易其名孰敢言？四儿称谓自强牵。蕙气芸香何俗雅？不相干。

小婢生来如水秀，怡红迁怒太无端。覆雨翻云同命运，只嗟叹。

## 彩　霞

【王夫人大丫鬟。后由王熙凤夫妇作主，配给旺儿之子。】

### 【鬓边华】
范词·宋无名氏

彩霞飞散若絮，轻曼舞、何求正路？护环儿、微处帮扶，却辜负、私心庶母。

愚顽公子阴邪，恁猥琐、犹如腐乳。执迷误、何谓聪明？更无奈、花栽秽土。

### 【彩鸾归令】
范词·南宋张元幹

情误忠忱，却负侬家一片心。对牛吐诉作知音，枉弹琴。

此儿宵小犹轻薄，三分浮阳七分阴。彩霞无语泪沾襟，自悲吟。

# 金陵十二钗七副册

## 小螺儿

【薛宝琴丫鬟，聪明伶俐，喜欢凑趣。在"宝琴立雪"中，她在身后抱一瓶红梅者。】

【伊州歌】

范词·无名氏

聪明姝丽美人胚，逸趣诙谐小女儿。

清光倩影开图卷，披雪持瓶映蜡梅。

## 小鹊儿

【赵姨娘丫鬟，曾深夜到怡红院传信，告知赵姨娘在贾政面前说贾宝玉坏话的消息。】

【伊州歌】

范词·无名氏

鸣鹊声犹急，迁飞绕玉楼。

合当传喜讯，时也报惊扰。

## 小蝉儿

【贾探春丫鬟，夏婆子的外孙女。艾官向贾探春告密，小蝉儿马上转告夏婆。】

【伊州歌】

范词·无名氏

权作听窗耳，秋深不噤蝉。

为何传讯息，原委是亲缘。

## 小鸠儿

【贾宝玉丫鬟，何婆之女，春燕之妹。】

【伊州歌】

范词·无名氏

当差随侍在红楼，倒水端茶是小鸠。

赖有亲娘可呵护，欺凌同伴却无由。

## 小舍儿

【金桂丫鬟，因自幼父母双亡，无人看管，称作"小舍儿"，专做些粗笨的活。】

【伊州歌】

范词·无名氏

娘胎既出即家奴，犹恨双亲忍舍孤，

从小听惯金狮吼，做马当牛供使驱。

## 小吉祥儿

【赵姨娘丫鬟。】

【伊州歌】

范词·无名氏

为把新衣借，难堪小吉祥。

无由嗔雪雁，只怨赵姨娘。

## 宝　珠

【秦可卿丫鬟。秦可卿死后，宝珠见秦氏没有孩子，愿为义女，请摔丧驾灵之任。】

### 【忆秦娥（仄韵）】
范词·唐李白

蟆蛉女，忠肝一瓣还恩主。还恩主，泪流如注，作何倾诉？

摔丧送柩黄泉路，谁能知我心中苦？心中苦，忍悲铁槛，羞归宁府。

## 瑞 珠

【秦可卿丫鬟。秦可卿与贾珍关系暧昧，她因知情受到威胁。秦可卿死后触柱而亡。】

### 【忆秦娥（仄韵）】
范词·唐李白

凋珠蕊，无辜枉死谁之罪？谁之罪？贾珍羞耻，可卿兼美？

人伦暧昧同污秽，知情奴仆情何寄？情何寄？隐形威胁，怎能逃避？

## 善 姐

【王熙凤丫鬟，后特意送给尤二姐使唤。她伶牙俐齿，对尤二姐冷嘲热讽。】

### 【忆秦娥（仄韵）】
范词·唐李白

无惧怕，帮凶助恶谁凭借？谁凭借？善姐不善，当狗嬉耍。

堂皇名字鹿为马，讥嘲反讽真犹假。真犹假，爪牙耳目，旧主新舍。

## 炒豆儿

【尤氏丫鬟。曾在李纨房中，为尤氏端水只弯腰捧着，被李纨斥责后才跪下。】

### 【忆秦娥（仄韵）】
#### 范词·唐李白

小炒豆，存心怠慢当归咎。当归咎，宫裁斥责，丫鬟装秀。

后恭前倨何其谬，婢儿世故知香臭。知香臭，尤娘堪窘，主人难受。

## 靛　儿

【贾宝玉丫鬟。薛宝钗因贾宝玉话语冲撞，"借扇机带双敲"，与她相关。】

### 【忆秦娥（平韵）】
#### 范词·北宋贺铸

小丫头，出言信口无遮拦。无遮拦，不知深浅，受辱无端。

只因泼醋报容颜，宝钗借扇敲双关。敲双关，恼羞迁怒，婢女情冤。

## 莲花儿

【贾迎春丫鬟。因鸡蛋与柳嫂发生口角，引出"丫头们闹厨房"风波。】

### 【忆秦娥（平韵）】
#### 范词·北宋贺铸

翠莲花，菱洲缀锦情无邪。情无邪，主人软弱，婢女骄奢。

闹厨口角凶巴巴，家奴眼里难容沙。难容沙，立眉嗔目，俐齿伶牙。

# 金陵十二钗外册

## 警幻仙子

【掌管人间美女命运簿籍，自称来自离恨天之上、灌愁海之中、放春山遣香洞。】

### 【花上月令】
#### 范词·南宋吴文英

餐花衔露一淫仙，太虚境，掌情天。惹蜂招蝶吟风月，更邀欢。牵引线，结姻缘。

声色化痴名警幻，风道骨，玉容颜。孰知逸客居何处？看霞烟：遣香洞，放春山。

### 【步虚子令】
#### 范词·宋无名氏

怨男痴女正青春，谁不恋香尘？太虚招引，酿花公子销魂。赏艳曲、动情根。

色仙警幻传钗簿，教性爱、启蒙人。苦心本意，欲河停步抽身。未觉悟、复逡巡。

## 【双头莲令】

### 范词·北宋赵师侠

寄言天下众情痴，恨晚遇相知。姻缘有定意难违，彻痛是相思。

怨江孽海叹无涯，心死最伤悲。神仙眷属世间稀，花木几连枝？

## 【相思儿令】

### 范词·北宋晏殊

一十二钗花榜，仙曲演红楼。无奈此儿愚钝，犹不解温柔。

警幻指点悠游，梦巫山云雨绸缪。谁赊情债风流，孰牵情海归舟？

## 痴梦仙姑

【暗喻红楼男女主人公情感经历的第一阶段，即"痴然入梦"。】

## 【竹枝词】

### 范词·北宋孙光宪

青春年少性无知，幼稚天真梦亦痴。

还债酬情归警幻，尽抛珠泪却为谁？

## 钟情大士

【暗喻红楼男女主人公情感经历的第二阶段，即"一见钟情，坠入爱河"。】

## 【竹枝词】

范词·北宋孙光宪

生来娇媚态婆娑，一见钟情坠爱河。

沉溺终须求解脱，虚度年华恨蹉跎。

## 引愁金女

【暗喻红楼男女主人公情感经历的第三阶段，即"少年色嫩不坚牢"。】

## 【竹枝词】

范词·北宋孙光宪

浮沉情海苦无舟，坎坷人生觅侣俦。

骚动心怀因色嫩，莫将遗恨引闲愁。

## 度恨菩提

【暗喻红楼男女主人公情感经历的第四阶段，即"度过胡愁乱恨"。】

## 【竹枝词】

范词·北宋孙光宪

东风无限袅晴丝，乱恨胡愁枉自飞。

一窟千红谁普度，洁身难得不同悲？

## 静 虚

【水月庵住持，虚伪、贪婪、势利、残忍的老尼姑，为谋财竟参与杀害两条人命。】

【竹枝词】

范词·北宋孙光宪

阿弥陀佛唱南无，未了尘缘水月居。

原应慈悲贪欲重，老尼何净又何虚？

## 智　能

【水月庵小尼姑。自幼在荣府走动。长大渐知风情，曾与秦钟在馒头庵偷情。】

【少年心】

范词·北宋黄庭坚

莫道佛寺无梦，少年时、更为情种。水月尼庵得趣，说来苦痛，暗起病、折杀秦钟。

两下相思冲动，你有我、我心你懂。错爱何言错，双双同共，唯遗恨、恨世俗难容。

【清商怨】

范词·北宋晏殊

馒头庵里寻快乐，亦无非戏谑。情窦初开，莫谈谁过错？

痴心儿女难觉，怨频频、幽期密约，禁果含酸，夏娃知善恶。

## 智　善

【水月庵里的小尼姑，净虚的徒弟，智能的师妹。】

## 【竹香枝】
### 范词·南宋刘过

莫把红尘迷恋，禅定得来智善。尼庵剃发度残年，淡看莺而燕。

晨钟暮鼓厌倦，水月庵、漫数昏旦。千朝百日伴青灯，懒得长吁短叹。

## 智　通

【水月庵尼姑净虚徒弟，与智善、智能为师姐妹，荣府优伶芳官随其出家。】

## 【怨三三】
### 范词·北宋李之仪

天花乱坠总虚空，态度从容。水月庵中说智通，话含蕴、语朦胧。

春花不识东风，自今后、飘萍转蓬。率尔认师宗，芳官愚昧，误入榛丛。

## 沁　香

【水月庵小尼姑，以她为首的众尼姑与贾芹淫乱。】

## 【怨回纥】
### 范词·唐皇甫松

万恶淫为首，人伦冠五常。佛门清静地，岂作温柔乡？
芹也多情种，尼犹情色狂。沁香同秽乱，污垢满庵堂。

# 圆　信

【亦称"圆心"，地藏庵尼姑，荣府优伶藕官、蕊官、芳官随其出家。】

## 【杏花天】
### 范词·北宋朱敦儒

寄身地藏缘何幸？自剃度、心灰性冷。念经孤对青灯影。终日听钟击磬。

暗地里、花言蛊佞。敛财物、收徒待聘。尼庵污秽无清净。要紧勤修上乘。

# 色　空

【铁槛寺住持，秦可卿出殡后，灵柩就停于此，由色空主持丧葬事宜。】

## 【回心院】
### 范词·辽萧观音

铁门槛，久闭还遮掩。虚言妄语谈色空，纳垢藏污欲无厌。住持胆，不收敛。

品红曲

（《北曲新谱》为依据）

# 红楼六道隐

## 通灵顽石

【女娲补天所剩，被茫茫大士、渺渺真人幻变化成美玉，携入尘世。不知多久，道人又过这里，见石上刻着这番经历，便抄下交曹雪芹披阅增删，即成《红楼梦》。】

### [仙吕宫]【三番玉楼人】

万载眠青埂，偶尔露峥嵘。无幸补天叹不平，石块通灵性。伴棘荆，恼蚤鸣，望辰星，自悲掩令名。一朝幻形，携来胜境，转世托情僧。

### [仙吕宫]【太常引】

温柔乡里坠通灵，宝玉即神瑛。石块记生平，真事隐、唯书艳情。

### [幺篇]（换头）

红楼一梦，归空万境，缘分在三生。蠢质亦通灵，虚与实、皆为幻情。

## 空空道人

【虚拟幻异人物，因访道求仙，经大荒山无稽崖青埂峰，见一大石，上面字迹分明，详载石头幻形人世，历尽离合悲欢的一段故事，即为《石头记》。】

[越调]【夜行船（摘调）】
妄道虚情谈色空，因而果、种智圆通。滚滚红尘，漫言勘破，始亦终、雨魂云梦。

[幺篇]
娲氏崖边青埂峰，我与尔、意外相逢。历历情文，沧桑玄事，演绎这、玉石残梦。

## 跛足道人

【亦称渺渺真人，是将顽石变成美玉的道士，现实与虚幻之间穿针引线的神异人物。】

[仙吕宫]【六幺令（摘调）】
鹑衣蔽体，总把捎马子肩。拖泥带水，一颠一跛一溜烟。洒脱痴狂模样，恰似活神仙。问从何处，太虚幻境，且听张口说胡言。

[幺篇]
是谓穿针引线，虚实两勾连。渺渺真人，始将顽石镌宏篇。携来通灵宝玉，幻化在人间。情天孽海，红楼一梦，演绎着古今来绝世情缘。

[仙吕宫]【大安乐】

人人只把红尘恋，声声好了解箴言，兴衰成败亦循环。极乐天，何处有神仙？

[仙吕宫]【一半儿】

禅心佛骨亦飘然，跛道疯癫犹半仙，缘去缘来还是缘。演红楼，一半儿深来一半儿浅。

## 癞头僧人

【即癞头和尚，亦称"茫茫大士"，是将顽石变成美玉的僧人，在红楼梦中是现实与虚幻之间穿针线的神异人物。】

[仙吕宫]【袄神急（摘调）】

癞头犹邋遢，怪异且狂癫。破衲芒鞋，疮疖犹遮面，长眉似墨翰，星眼如光电。形骸放浪人世间，身居西昊天，快乐神仙。

[仙吕宫]【太常引】

莫言娇女是心肝，有命却无缘。虚幻不应怜，空对月、霜霭雪烟。

[仙吕宫]【玉花秋】

粉渍暗、脂痕绚，亵渎物、玷污不免。灵验通灵灵不显，医玉玉空悬，莫使阴邪滋漫衍。

## 贾雨村

【姓贾名化，字时飞，别号雨村。生仕宦家，得甄士隐资助中

进士、做知府，因贪酷徇私被革职。后在贾府帮助下官复原职。在红楼梦中他是提纲挈领式人物。】

### [黄钟宫]【文如锦（摘调）】

腹藏奸，村言假语时飞散。方腮权鼻，星眼酡颜。肩广阔，背浑圆，手指长，胸襟袒。虽历贫寒，出身仕宦。穷困潦倒，功名惨淡，歧路维艰。志凌云，怀才不遇，仰天长叹。

### [幺篇]（换头）

自命今生才不凡，八斗五车，出头何患？讥李杜，藐欧苏，贬阮籍，嘲陶侃。（看眼下）姑苏卖字，葫芦蹭酒，妄作清谈。笑酸儒，自视清高，秉赋矜慢。

### [黄钟宫]【出队子】

历经磨难，苍龙开睡眼。升阶拾级上云间，及第登科犹未晚，斩棘披荆前路坦。

### [黄钟宫]【昼夜乐】

吐气扬眉戴峨冠，奸顽，生生的、失印丢官。扬州赋闲私塾馆。攀龙附凤重呼唤，趁机缘、饿虎归山。纵薛蟠，屈死冯渊，屈死冯渊，乱判了、葫芦案。

### [黄钟宫]【贺胜朝】

难做官，做官难，行与言，覆雨翻云谈笑间，雨村浮沉亦可叹，寡情义、少心肝，掩深壕，藏大奸。

### [黄钟宫]【人月圆】

无情倒是多情种，三笑娶红颜。雨村娇杏，春风慰藉，理得心安。

[黄钟宫]【尾声】

宦海沉浮勘深浅，逆潮流、折楫船翻，再欲回头天已晚。

## 甄士隐

【名费，字士隐，谐音"真事隐"。性恬淡，不以功名为念，曾救济过穷儒贾雨村。后女儿被拐，家遭遇火灾，被迫投靠岳丈封肃，致使贫病交攻，最后从跛足道人出家。】

[仙吕宫]【醉扶归】

士隐真名"费"，蛰伏"人情里"。不念功名伴释尼，恬淡轻荣利。儒雅温良善美，清醒犹如醉。

[仙吕宫]【醉中天】

假语存微意，真事隐天机。清浊二儒人共鬼，同演双簧戏。离合悲欢一体，荣衰兴替，殊途异道齐归。

[仙吕宫]【金盏儿】

慕陶秫，尚无为。太虚幻境通灵觅，道僧游戏费猜疑。隐忧无须问，劫难不堪提？炎凉观世态，衰槁换缟衣。

[仙吕宫]【忆王孙】

僧歌"好了"悟玄机，道破谶言诠哑谜。俚语浅词含哲理。看红尘，富贵荣华东逝水。

[仙吕宫]【雁儿】

假假真真红而黑，虚亦实，是犹非。嘻，与谁归？

# 红楼八美男

## 贾宝玉

【别号"怡红公子""绛洞花主""富贵闲人"。由神瑛侍者脱胎而成，含玉而生。他性格叛逆，行为怪僻乖张，厌恶功名、怕读圣贤文章，只喜欢亲近女孩儿，与林黛玉有木石之盟，与薛宝钗结金玉良缘，最终离家出走，遁入空门。】

### [正宫]【菩萨蛮】

春花秋月红楼梦，男儿脂粉多情种。半世醉痴公，三生禅意中。

### [正宫]【倘秀才】

只恋这、红怡绿爽，岂管那、金文玉章，脂粉丛中任放狂。行叛逆，性乖张，草莽！

### [正宫]【呆骨朵】

不通世务愚顽相，贪恋红妆。怕读文章，无羁脱缰。恶语讥贤圣，冷眼观尘网。豪门真反叛，膏粱犹自伤。

### [正宫]【笑和尚】

青梅竹马缘，世俗刀戈剑，未了三生愿。木石盟，化灰烟，哭红颜，泪空悬，公子肝肠断。

## [正宫]【叨叨令】

风刀雨箭繁花堕，魂销香陨情天破。春心辜负无何奈，空门却向蒲团坐。霹雳轰轰也么哥，抱恨痴痴也么哥，片言好在留些个。

## [正宫]【醉太平】

耳濡艳诗，目染芳菲，迄今旷古一情痴，出言亦奇：男人秽浊污泥块，女儿清澈山泉水，红颜艳冶粉须眉，何其溢美？

## 甄宝玉

【金陵省体仁院总裁甄应嘉之子，生得眉清目秀，性情和外貌与贾宝玉极其相似，他自幼暴虐浮躁，成年后逐渐与世俗同流合污，后考中举人。】

## [黄钟宫]【侍者金童（摘调）】

清眉秀目，好个群芳主。暴虐痴顽称俊楚，唯同女儿相比伍。倜傥风流，等伦嗔妒。

## [黄钟宫]【降黄龙衮】

性情浮躁，言行迂腐。读经书，红颜护，亲偎依附。出言闺女，香茶清漱。笤挞狂呼，（道是）减轻疼苦。

## [黄钟宫]【节节高】

少时骄侮，老来方悟。恩荣并举，光宗耀祖。假即真、真犹假，实亦虚，梦里红楼荣则枯。

[黄钟宫]【愿成双】

甄宝玉，掌上珠，性愚顽，尚读经书。终究腾达入官途，两宝玉、非同路。

## 北静王

【名水溶，年未弱冠，容貌秀美，性情谦和，不以王位自居。祖上与贾府有世交之谊，同难同荣。他与贾宝玉一见如故，称奇道异，赠赐念珠，有惺惺相惜之意。】

[黄钟宫]【刮地风】

贵胄天潢临帝台，文武全才。面如碧玉红浸白，隆准莲腮。名驰四海，美冠当代。辇车华盖，贤王气派。出贝宫，行御街，势威豪迈。夺风流，增绚彩，朝野钦戴。

[黄钟宫]【四门子】

人间奇迹蓬莱客，性温柔，态和蔼。风姿潇洒人坦率，昭天资，流光彩。逢玉儿，缘不解、道奇赠言称逸才。赐念珠，邀华宅，相倾慕，惺惺惜爱！

[黄钟宫]【水仙子】

闵悼哀，宁府朱门飞白来。路祭香车，四王銮驾，北静功高冠等侪。性谦和，仁者襟怀，直诚慎勤言慷慨。世交相与捐敦爱，持敬却为谁？

[黄钟宫]【者刺古】

说渊源、未详猜，祖辈同偕。少贤王，再、继往开来。今逢仲伯，相亲相爱。私交无遮，缘情不改。玄圃台，笼雾霾。

## 柳湘莲

【人称冷二郎，喜串戏，擅演生旦风月戏文。他原系世家子弟，父母早丧。生得貌美，性情豪爽，酷爱吹笛弹筝，耍枪舞剑。后遭情变，随跛足道人出走，不知去向。】

### [黄钟宫]【女冠子】

柳媚莲香，性疏狂、冷若冰霜，江湖羡二郎。吹弹拉打，舞枪弄棒，乱世强梁。曾梨园混迹，生旦兼才，假凤虚凰。继而落魄，萍踪侠影、哪堪寻访？

### [黄钟宫]【红衲袄】

柳湘莲、为情伤，意彷徨、心恍惘。叹愚痴，悲侠爽。遁身入大荒，斩念出尘网。早知今日迷茫，何必当初虚妄？酹冤魂，唯尚飨。

### [黄钟宫]【九条龙】

铁鸳鸯，泛冷光，情烈绝尤娘。断剑芒、斩截情网，伤，吞遗恨，随老庄。

### [黄钟宫]【人月圆】

湘莲莫道襟情绝，亦是热心肠。锄强扶弱，疏财仗义，不畏豪强。

## 蒋玉菡

【艺名"琪官"，忠顺王府戏班演员，擅唱小旦。与贾宝玉要好，曾互赠汗巾。贾府败落后，蒋玉菡娶袭人为妻。】

[黄钟宫]【醉花阴（摘调）】

俊美姿容玉菡萏，脱俗无忌美男。情种玉中涵，戏里姻缘，戏外投心坎。

[黄钟宫]【喜迁莺（摘调）】

红绿汗巾谙，同性灵犀通一点。心心相念，俏优伶、气度非凡。谦谦、礼遵恭俭，举止温柔乐笑谈。犹预感，姻缘巧合，应验花签。

[黄钟宫]【赛儿令】

堪怜，堪怜，二玉联肩，怡红公子却无缘。花酒宴，示幽玄，一缕香罗茜。

[黄钟宫]【神仗儿】

伦常轮演，宿因俗缘。命薄心高，情深福浅。浮华尽褪，势如巅渊。说什么、贱穷通显，运乖舛，奈何天？

## 秦　钟

【字鲸卿，秦邦业之子、秦可卿之弟、贾宝玉挚友。生得眉清目秀，粉面朱唇，俊俏风流，怯怯羞羞有女儿态。秦可卿送殡时他与尼姑智能幽会受风寒，又遭父笞杖，添病身亡。】

[仙吕宫]【赏花时（摘调）】

粉面朱唇标秀颈，俊俏风流更滥情。娇弱瘦亭亭，羞羞怯怯，造孽病鲸卿。

### [仙吕宫]【混江龙】

攀龙附凤，相逢宝玉契通灵。诗书伴读，道叔称兄。惜玉怜香尤密友，情投意合似孪生。弄眉眼，亵燕莺；污学馆，惹纷争。情怀颠倒迷痴性，芳甸纷纭乱杂英。骄童仗势，纨绔心惊。

### [仙吕宫]【油葫芦】

情窦初开心憧憬，馒头庵、逢智能，巫山云雨耳边萦。三生缘孽鸳鸯镜，一星欲火相思病。意念淫，皮肉情，温柔乡冷催卿命，化蝶就冥冥。

### [仙吕宫]【寄生草】

一缕香魂断，三言警语呈：时乖运舛唯天命，功成名就令人敬，荣兴枯竭由谁定？少时见识自为高，醒来顾盼皆虚境。

## 薛　蝌

【皇商之子，薛宝琴胞兄，薛蟠、薛宝钗堂弟。因父去世，母患痰症，带宝琴进京聘嫁，投靠薛姨妈并帮料理事务。他秉性忠厚，相貌端正，后由贾母说媒，娶邢夫人侄女岫烟。】

### [仙吕宫]【八声甘州（摘调）】

雍容静雅，倜傥风流，秀茂年华。虽居篱下，也曾富贵人家。花落泥涂碾作尘，蝌蚪池塘终是蛙。坦荡伟男儿，白璧无瑕。

### [仙吕宫]【天下乐】

世事浮沉堪叹嗟，浮华，莫侈奢，临危托情当管家。义不辞，劳不差，驱驰如犬马。

[仙吕宫]【那吒令】

偶然遇也，同舟共车；偶然识也，谈婚论嫁；偶然配也，难分不舍。情无价，留风雅、雪月风花。

[仙吕宫]【鹊踏枝】

爱无涯，罢，恨也无涯，大浪淘沙。落尽浮华，斜阳暮鸦。结秦晋、何处为家？

## 冯紫英

【神武将军冯唐之子，为人性格豪爽，少受拘束，具有英风侠气，又兼带些纨绔习气。他交游广，人缘好，与贾宝玉、薛蟠等人都有来往，是红楼佚稿中所谓四侠之一。】

[仙吕宫]【村里迓鼓（摘调）】

将门公子，品端行正。英风傲气，少拘束、随心由性。交游驳杂，人缘美善，纵横驰骋。友九流，朋三教，结倡伶，任叱咤，萍踪侠影。

[仙吕宫]【元和令（摘调）】

怡红逢紫英，纨绔异心性。刚柔互济两相映，合流共秉灵。痴情侠胆亦明星，琼珠双耀颖。

[仙吕宫]【上马娇】

醉玉觥，邀饮咏，雅曲夹淫词，欢声浪语牙牌令，惊，满座趣横生。

[仙吕宫]【游四门】

一身豪气冠金陵，少侠解风情。疏财仗义人皆敬，善恶自分明。啧啧口碑声。

# 贾门十二少

## 贾 珍

【宁国公贾演曾孙、贾代化孙、贾敬之子，世袭三品爵威烈将军、长房长孙兼族长、宁府总管。其行为放纵，无拘无束，与儿媳、妻妹关系暧昧。后被革去世职。】

### [南吕宫]【一枝花（散套）】

做人无脸皮，为父亡仁义。荒淫讥聚麀，暧昧诮爬灰。放纵行为：东府藏污秽，西楼描黛眉。赫喧喧、老子严威，胆怯怯、小儿弱猥。

### [南吕宫]【梁州第七】

天香阁、雪侵嫩蕊，牡丹亭、鹊占娇枝。欺姨夺媳无人味。伦常错乱，天理乖违；族风毁废，家道衰颓。伪君子、俯首低眉，假正经、蹈矩循规。

性贪婪、暴戾恣睢，情放荡、骄淫俗鄙，智平庸、浅陋愚知。孽魔色鬼。素行不义心肠黑，败家咎谁罪？作恶多端基业摧，残局堪悲。

### [南吕宫]【隔尾】

为儿捐得龙禁尉，哭媳伤悲惹是非。变态真情不回避，侈奢，侈奢，散尽家财却无悔。

### [南吕宫]【牧羊关】

滥淫纵欲何知耻，造孽败家不罪己。乐贪欢、纸醉金迷。偎凤携鸾，偷香窃美。奢靡倾大厦，堕落毁根基。作恶遭天谴，耍奸徒自欺。

### [南吕宫]【梧桐树】

富贵无仁义，燕口夺芹泥。珍珠玛瑙穷人泪，天下乌鸦黑。

## 贾　琏

【贾赦之子，捐为同知，但不务正业，居叔父贾政家，与妻王熙凤总管荣府家务。他风流倜傥，好色纵欲，曾滥淫多姑娘、勾搭鲍二妻，骗娶尤二姐，是个典型的纨绔子弟。】

### [正宫]【端正好】（散套）

贾同知，居高位，总管家、耀武扬威。锦衣玉食奴才泪，怎识愁滋味？

### [正宫]【脱布衫】

总班头，交往驱驰；两夫妻，剥瘦分肥。尔休言、天生美配；有谁知、共眠遐寐。

[正宫]【小梁州（带过）】

纨绔男儿酒色迷，柳媚花痴。偷腥畜秽纳蛾眉，风流辈，暗窃别人妻。

[正宫][幺篇]（换头）

花枝巷里尤娘媚，藏娇屋、紫燕双飞。蜜意浓，真情对，香巢倾覆，毕竟溢芳菲。

[正宫]【煞尾】

豪门公子身心累，位重权高不释怀。夫妻异梦，相互猜疑，内外危机。大厦将倾向隅泣。

## 贾　瑞

【贾府义学塾师贾代儒长孙，自幼丧亲，由祖父代为教养，是个贪图便宜、傻气痴性而没行止之人。代管学塾时每以公报私，勒索子弟；勾引王熙凤，丧命于相思局。】

[南吕宫]【骂玉郎】

双亲早去无依仗，随祖父、度凄凉，脱缰野马闲游荡。娇惯儿，谁教养？黄桑棒。

[南吕宫]【感皇恩】

蒙祖辉光，代管家庠。占便宜，图小利，饱私囊。无廉寡耻，行止荒唐。老鸿儒，唯恨铁，不成钢。

[南吕宫]【采茶歌】

说痴狂，亦荒唐，野凫哪得配鸳鸯。自误从来源妄想，相思局里凤嬉凰。

### [南吕宫]【哭皇天】

纵欲何思量，多情坠孽网。哪知香钓饵，却是毒砒霜。抛诱惑、谁能抵挡？包天色胆，窃玉偷香；三番挫折，半枕黄粱。空废相思一命亡。风流宝鉴，招魂佛幌。

## 贾　环

【贾政第三子，赵姨娘所生，贾宝玉同父异母弟弟。相貌丑陋、举止粗俗、调皮顽劣，但童心未泯，活泼诙谐而小有才华。因庶出受贬抑使他性格扭曲，成了封建伦理制度下的畸形儿。】

### [南吕宫]【乌夜啼】

丑容陋貌由天付，行顽劣、秉性粗愚。同根兄弟分正庶，母也无辜，子也无辜。小儿懵懂识亲疏，童心未泯知好恶。爹难疼，娘难顾，众人冷落，岂不伤沮？

### [南吕宫]【玉交枝】

豪门纨绔，形秽心残遭侮。庶生公子谁怜顾，亲兄弟，情迥殊。亲情厚薄难列举，心灵扭曲生嗔妒。凤巢龙胎命苦，娘贱儿轻自古。

### [南吕宫]【四块玉（带过）】

爷叱呼，娘菲薄，祖母心中似多余，亲哥胞姐谁呵护？"玉"骏驹，"兰"幼虎，"环"鼬鼠。

### [南吕宫]【草池春】

唯倾慕，彩霞女，情系关雎。送硝失意粗疏，羞恨龃龉，东窗事发玫瑰露。饶可恕，幸未辜，宝玉觊觎，环儿嫉妒，宁不悲乎！

## 贾 珠

【贾政长子，王夫人生，李纨夫、贾兰父。因病早逝。】

### [南吕宫]【贺新郎】

霜飞槁木泪阑干，镜里姻缘、梦中忧患。阴阳两隔犹堪叹：甫弱冠、妻离子散；命乖舛、春叶凋残。为何遭劫难，底事赴冥关？红楼读破成疑案？死生亦大尔，孤寡忍相看。

### [南吕宫]【干荷叶】

尘缘断，泪潸潸，一缕英魂散。母苍颜，妇衾寒，李花结子伴幽兰，中兴唯期盼。

### [南吕宫]【金字经】

梦里常相会，膝前行孝难，满眼奢华不忍看。叹，死生弹指间。奈河岸，怨魂无复还。

## 贾 蓉

【贾珍之子，秦可卿之夫，原为监生，妻子秦可卿死后，捐为五品龙禁尉。长得是面目清秀，却浅薄无谋。畸形家教、父亲乱伦，使他性变态，而荒淫无耻。】

### [正宫]【月照庭（摘调）】

失意监生，且作乌龟缩头。龙禁尉，耻蒙羞。痛心灵，遮家丑，欲恨无由。秦楼月，不掩愁。

[正宫]【六幺遍】

长房孙、实愚陋，浪荡子、浅薄无谋。唯唯诺诺只低头，可怜虫、寡断优柔。畸形训教全接受，泯天性、沦若骚牛。难堪最是吞醋酒，夺妻怨，化作闲愁，一世恨悠悠。

[正宫]【蛮姑儿】

耻羞，耻羞，肥水聊无外田流。人伦乱，孽缘幽，嫉恨家严畜狗。

[正宫]【货郎儿】

俊男儿、眉清目秀，说风流、蝇营狗苟，家风淫秽溢香楼。心变态，性轻浮，父子无廉同聚麀。

## 贾 芸

【父亲早逝，随母居后廊。虽粗俗无学，却人情练达，极其成熟和精明，为人比较仗义，与贾宝玉丫鬟小红相好。】

[正宫]【塞鸿秋】

聪明伶俐粗而雅，矜持圆滑奸而诈。人情练达抬身价，洞明世事分真假。心悬广宇间，人在低檐下，正邪善恶凭洪化。

[正宫]【穷河西】

求告娘舅戳伤疤，义子恭送海棠花。世态炎凉真亦假，为富少仁德，试问亲情几何价？

[正宫]【小梁州】

莫道良缘镜里花，秋水兼葭。小红遗帕识冤家，真情契，更两小无邪。

[正宫]【黑漆弩】

贫居宁府东廊下，出身卑贱何借？感仁恩，仗义探庵，妄论奸兄昏瞎！

# 贾 蔷

【宁府的正派玄孙，父母早亡，从小跟贾珍过活，生得风流俊俏，却不务正业，斗鸡走狗，赏花阅柳。派管梨香院时与龄官相好。贾府败落后，他胡作非为，成了败类。】

[正宫]【甘草子】

儿凄怆，父母双亡，幸得爷收养。凭狗模人样，便逐臭追香。宠溺谁依傍？领班头、尤放荡。酗酒玩钱结私党，恣意猖狂。

[正宫]【汉东山】

寄篱已薄凉，孤苦更堪伤，无由变荒唐。告诫也么哥，七尺男儿要自强：莫妄想，少孟浪，不张扬。

[正宫]【双鸳鸯】

管梨香，结鸳鸯，惹得龄官苦画蔷。列数红楼诸纨绔，有谁专一为情伤？

[正宫]【白鹤子】

拆笼飞彩雀，送碳化冰霜。
细节见钟情，终老毋相忘。

# 贾　兰

【贾珠与李纨之子，荣府重长孙。性格敏感而自尊。在寡母教导下，从小诵读四书五经，成年后考中举人。】

## [中吕宫]【粉蝶儿（摘调）】

遗嗣伶仃，苦娘们、互相为命，稚子心、冷若寒冰。寡于言，修以静，气凝禅定。性自孤尊，下苦功，举科争竞。

## [中吕宫]【醉春风（摘调）】

（古人云）雏凤发清声，（君不见）精英终脱颖。（端的是）第登金榜说功名，醒，醒！末世枯荣，绮云余霞，暮春残景。

## [中吕宫]【叫声】

骄子恁聪明，艺馨德馨人皆敬，只怨天公不公平。

# 贾　芹

【草字辈远房子孙，人称"三房里的老四"，母周氏。小和尚、小道士总管，后因在家庙里胡作非为，被革职疏远。】

## [中吕宫]【迎仙客】

水有痕，草无根，美差得来当自珍。莫贪婪，不犯浑。唤雨播云，惹得芳菲尽。

## [中吕宫]【石榴花】

僧尼总管职加身，维系石榴裙。此儿岂是采芹人？天生恶棍，玷污禅门。嫖娼聚赌违家训，风月案、丑事绯闻。腥臊铜臭迷方寸，利欲使昏昏。

### [中吕宫]【斗鹌鹑】

西贝草斤，悬崖竹笋。柳絮飘蓬，置身忘本。玩火当知必自焚，得势时、莫发昏。不肖儿孙，哪堪恻悯。

### [中吕宫]【醉高歌】

无情不报前恩，骨肉离分鸷忍。人伦天理抛干尽，狼狈兄奸舅狠。

## 贾 琮

【贾赦庶出次子，贾琏同父异母弟弟，年纪较小，常与贾环、贾兰同时出入。】

### [中吕宫]【快活三】

桑榆得子难，莫道夕阳残。管他贤圣或愚顽，毕竟留垂盼。

### [中吕宫]【红衫儿】

小小男儿汉，散漫无羁绊。列同环，出携兰，少子犹娇惯。活猴般，不安闲，整日污眉秽眼。

### [中吕宫]【朝天子】

你好，我好，大伙皆欢笑。顽童闹学逞英豪，两派亲疏较。飞砚抛书，声嘶嚎啸，助威帮手脚。你恼，我恼，小爷生来傲！

## 贾 菌

【贾府近派的重孙，娄氏之子。少孤，年小志高，极淘气。在

家塾读书时与贾兰要好，书童闹学时他表现得最顽皮。】

## [中吕宫]【上小楼】

此儿志高，弱孤年少。近派重孙，正统根苗，稍逊风骚。戳祸筒，淘气宝。顽皮浮躁，不饶人、吃亏还报。

# 贾门十老

## 贾　政

【字存周，荣国府二老爷，自幼好读书，原欲以科举出身，后皇上赐主事之衔，升工部员外郎，又任学政、放粮道。他为人端方正直，谦恭厚道，唯失之于迂腐。为子孝，为父严，为官勤恳清廉，忠于职守，只是不谙世事、不谙吏治。】

## [中吕宫]【鲍老儿】

自幼殷勤尤好读，心系功名禄。正直端方显傲骨，常把前贤慕。五经通览，四书满腹，一介宏儒。不谙世事，不谙吏治，脾性迂愚。

## [中吕宫]【满庭芳】

存周好古，韶华虚度，吟弈闲居。二三清客谈诗赋，儒雅迂夫。不劳持家琐务，更无公案文牍。每朝暮，高堂叩母，安乐却茫如。

### [中吕宫]【四边静】

庠官工部，公正勤廉人俱服。殚精竭虑，冥顽愚固，不谙仕途，获罪遭裁黜。

### [中吕宫]【四换头】

孰云严父，教子无方如虎毒？鞭策宝玉：移心时务，专心诵读，锻炼成才具。有何过错？

### [中吕宫]【醉高歌】

聪明反倒糊涂，谨慎难消不足。空谈最是终身误，美梦醒来欲哭。

## 贾　赦

【字恩侯，贾源嫡孙，贾代善长子，贾琏、贾琮和贾迎春之生父，袭爵为一等将军。生性好色，行为不检，平日强取豪夺、欺男霸女，终遭抄家荡产，革去世职，充军边地。】

### [中吕宫]【古鲍老】

恩侯草莽，一等将军好色狂。骄奢乐享，寡耻鲜廉似魍魉；包尸袋，盛酒囊，嚎丧棒。逞凶顽，称霸强。罪魁首、荣宁遭殃，家国皆无望。

### [中吕宫]【红绣鞋】

不必穷形尽相，无非鼠肚鸡肠，哪堪兄弟阋于墙。含妒谈偏短，拈酸怨亲娘，枉为尊与长。

### [中吕宫]【红芍药】

四世同堂，妻妾盈床，花白胡须鬓沾霜，逼娶鸳鸯。淫牛老，嫩草香，欲吃天鹅痴妄。作势装腔，别有心肠，只落个、美梦黄粱。

### [中吕宫]【剔银灯】

枉为父，亲情薄凉，全不顾、闺中凄怆。狠心嫁女还陈账，把羔羊送与豺狼。孙绍祖蛇蝎肠，香销兽掌。

## 贾　敬

【宁国公贾演之孙，京营节度使世袭一等神威将军贾代化次子，贾珍、贾惜春之父。为丙辰科进士，一味好道，在都外玄真观修炼，其他事一概不管，放纵家人胡作非为。后因吃秘制丹砂烧胀而死，追赐为五品之职。】

### [中吕宫]【道和】

有情，无情？前科进士显尊荣，却愚冥。三生尘梦挂仙名，对青灯。一心好道图清净，抛妻别子痴行径。入迷幻境难惊醒，丹砂岂造凡人性，孤魂到死不安宁。未终天命，化作流萤。

### [中吕宫]【蔓菁菜】

一家丧事心秤，老轻少重分明。花魂蝶影，孙媳翁爹俩情形，风月菱花镜。

### [中吕宫]【普天乐】

炼丹砂，痴心病。家人放纵，狗苟蝇营。首罪宁，皆从敬。惜女孤居敲钟磬，遁空门、绝决亲情。走火入魔，魂消业尽，枯骨伶仃。

## [中吕宫]【柳青娘】

鸣钟食鼎，腰揩笏、帽簪缨。离亲绝情，求不老、盼长生。昙花未现成泡影，丹炉热、心凉魄冷。子孙泪，假假惺惺。哭神仙、笑道士，叹青灯。

## 贾 敷

【宁国公贾演之孙，世袭一等神威将军贾代化长子、贾敬之兄，八九岁夭折。】

## [中吕宫]【喜春来】

早夭并录难为叙，假语村言实亦虚，曹家店铺贾家租。"敷"亦"颓"？真事隐奇书。

## 贾代儒

【非嫡派宗族，"代"字辈长者，以儒学耆宿自称。家塾校长兼教师。为人方正而迂腐，一生落魄。】

## [中吕宫]【十二月】

恁可笑、称"儒"借"代"，耆秀无才。亦可悲、端方旧腐，运背时乖。更可怜、家塾训诫，聊慰高怀。

## [中吕宫]【尧民歌（带过）】

一生潦倒叹哀哉，丧父亡儿失孤孩。顽孙不肖自严裁，教养无方弃尘埃。骋怀，乖乖宽松不枉才，苛虐终危败。

[中吕宫]【摊破喜春来】

司塾糊口无何奈，抑或偷闲解闷来。纨绔子、富家儿，子不学、师疏殆，伪儒教、害贤才。悲落魄，劳命累形骸。

## 贾代善

【荣国公贾源长子，贾源死后贾代善袭爵袭官，人称"国公爷"，娶金陵世勋史侯家小姐（即贾母）为妻，生二子一女。】

[中吕宫]【卖花声】

继官袭爵安高枕，琴瑟和谐悦雅音，侯门得娶史千金。夫权妻代，承光青禁，泽儿孙、祖宗余荫。

## 贾代化

【宁国公贾演长子，贾代善胞兄，贾敷、贾敬之父。贾演死后贾代化袭爵，为京营节度使世袭一等神威将军。】

[中吕宫]【乔捉蛇】

一等大将军，贵尊何忘本？死生线上奴才恩，景功苦劳当惜悯。邪孽子，不肖孙，败家荣俱损。国公遗世心何忍？

## 贾代修

【贾府"代"字辈宗族远亲，谐音"家带羞"。（亦云传抄笔误）】

## [仙吕宫]【胜葫芦】

许是嘉禾化稂莠，凤凰变斑鸠，贵族如何家带羞？有人考证，传抄笔误，谁可探根由？

# 贾　源

【宁国公贾演的胞弟，贾代善父，贾政、贾赦祖父，贾宝玉曾祖父，被朝廷封为荣国公，死后贾代善继承爵位。】

## [中吕宫]【齐天乐】

人云饮水思源，隐恶须扬善。先贤，远，福泽绵延。感皇天、望族喧喧，骈阗，代代相传，勋爵卫冕。烈火烹油，锦簇花团。富贵尊，声名显，过眼云烟。

# 贾　演

【贾琏曾祖父，曾出生入死带兵打仗，功勋赫赫，与其弟荣国公贾源一起创下了不朽家业。死后贾代化继承爵位。】

## [中吕宫]【山坡羊】

腰刀弦箭，鏖兵征战，出生入死功勋建。府骈联，匾高悬，早将家业根基奠，侯第朱门终散遣。兴，也不免；衰，也不免。

# 贾门八贵戚

## 史　鼎

【保龄侯尚书令史公之后裔，追封忠靖侯（与明朝史可法谥号同）。史鼐之兄、史湘云之叔、贾母内侄。】

### [大石调]【六国朝（摘调）】

令公后裔，砥柱精英。虎将出侯门，台衡须晋鼎。己也名忠靖，武节峥嵘；祖亦尚书令，文功蔚炳。察史鉴、前朝像镜；看红楼、暗线原型。醉里客顽冥，梦中人顿醒。

## 史　鼐

【世袭保龄侯，尚书令史公次孙，忠靖侯史鼎弟弟，史湘云之叔，贾母内侄。】

### [大石调]【念奴娇（摘调）】

豪门贵戚，袭、保龄侯爵，当朝权柄。兄弟双双声赫赫，名冠金陵诸姓。势显功高，左迁外省，零落湘云冷。雁杳莺徙，转萍飘忽无定。

## 王子腾

【都太尉统制县伯王公之后裔，王夫人、薛姨妈、王子胜之兄。初任京营节度使，后擢九省统制，旋升九省都检点，更荣升为内阁大学士即宰相，官居一品。】

[大石调]【卜金钱】

威势炎炎，烹油腾焰，位高达顶尖，权重挥鸣剑。干刑科，为遮掩，六亲共贯连，四族相提点。

## 王子胜

【王夫人、薛姨妈、王子腾胞弟，是个无能的人，与贾府似隐藏着隔阂。】

[大石调]【归塞北】

无能辈，兄弟两疏渐。胡作非为无收敛，六亲难合惹人嫌，老死不相沾。

## 王　仁

【王熙凤之兄，巧姐舅舅，是个忘却仁义的小人。贾家败落后，他将亲外甥女卖到烟花柳巷，是个"狠舅"。】

[大石调]【燕过南楼】

枉为人、行尸走肉，无廉耻、岂顾惭羞。爱孔方，当花丑，忘骨肉、狠心狼舅。卖甥女，作主谋，欺伯叔、编冥寿，浪荡子、不如禽兽！

# 林如海

【字如海，苏州人氏，出身世禄之家、书香之族。贾敏之夫，生一子早夭；育一女即黛玉。考中探花后，迁为兰台寺大夫，钦点为扬州巡盐御史。】

## [大石调]【催花乐】

书香世禄奉儒家，侯门闺秀，披红迎迓。白玉为床金作马，御史兰台原探花。

## [大石调]【怨别离】

丧妻夭子女离家，戚而悲，孤且寡。厄运飞来崩云厦，纵有那，厚禄高官犹镜花。

## [大石调]【喜秋风】

荐西席、拜舅家，托孤女、寄篱下，侯门贵族贾不假。浮沉宦海终疲罢。吊寒鸦，哭声哑。

# 薛　蟠

【字文龙，外号"呆霸王"，皇商家庭，薛姨妈之子，薛宝钗之兄，贾宝玉姨表兄弟。幼年丧父，寡母纵容溺爱，性情奢侈，言语傲慢，终日斗鸡走马，为人骄横跋扈。】

## [大石调]【还京乐（摘调）】

富贵称纨绔，京城不二皇商。宠溺娇生惯养，斗鸡走狗爬墙。言行傲慢，情骄奢、性狂妄。尚气偏邪躁莽，仗势欺人，明敲暗抢。闲游浪荡荒唐，问花寻柳平常事，逐臭追香。珠如土、车盈斗漾，金似铁、仓平库满，数金陵、的是豪强。悲魔障，悲魔障，恣睢必招祸殃。天良丧尽，转眼沧桑。

### [大石调]【荼蘼香（摘调）】

孽障兼魔障，不肖儿、家邦皆无望，变态色情狂。欺男霸女彰劣迹，似虎如狼，猎鸡更羡羊。冯冤死、抢占英莲，诱湘莲、须眉燕婉，唯狎昵、痴迷妄想。

### [幺篇]（换头）

忝字文龙，斯文尽相，"庚黄"笑话人讥谤。更可恼，金桂妇，刁蛮奢荡。狮子吼、合族惶惶，闹无休，制无方、却难思量。

### [大石调]【蒙童儿（摘调）】

风流呆霸王，率直露肝肠。烂漫真情性，不乔装。

## 孙绍祖

【贾府世交之后，贾赦女婿、贾迎春丈夫，习武出身，袭官"兵部候缺题升"，是个"暴发户""中山狼"。】

### [大石调]【青杏子（摘调）】

狼子野心毒，借夫权、戕害无辜。忘恩负义穷贪欲，孙郎绍祖，奸邪龌龊，不齿刁徒。

### [大石调]【净瓶儿】

弱女投狼窟，受辱何其苦。昏庸其父，恶孽其夫。卑污，暴发户，得志猖狂孙绍祖。贼禽畜，天良丧尽（昭昭）理当诛。

210

# 贾府十二管事

## 赖　大

【赖嬷嬷之子，赖尚荣父亲，贾府家生子，因赖嬷嬷服侍过老主子，又得贾母"赏脸"，做了荣国府大总管。他少言寡语，却十分精明，家境富有，还为儿捐了知县。】

### [大石调]【恼杀人（摘调）】
叱咤奴才听命，趁机取宠升腾。兄弟总管宁荣，卖人情、通庶务，贵族侯门通领。

### [幺篇]
附势趋炎唯命，精明干练人敬。荣华得来非侥幸，细心勤奋，富贵也靠苦挣。

## 赖　二

【即赖升，亦即来升（六易其名），宁国府都总管，赖嬷嬷次子、赖大弟弟。】

### [大石调]【初生月儿】
管家姓名如缩影，赖二原来叫赖升，东西两院分得清。统宁荣，权督领，兄和弟、长次鲜明。

## 林之孝

【贾府二管家，管田房事务，夫妇为荣府中世代旧仆，当后逐步取代赖大行总管家权。他不善言谈，处世低调。】

### [大石调]【催拍子（摘调）】
二总管、荣国旧仆，两夫妇、大智如愚。寡言遮语，充聋哑、低调随俗，瞅眼色、慎思熟虑。尽忠事主，精心庶务，经管房田，起税收租，渐成心腹。一朝发迹，地位突殊，得利争名，幸亏红玉。攀龙附凤，近水楼台，威权替代，不似当初，更莫忘、舌簧其妇。

### [幺篇]（换头）
陪房伴主，贴心贴腹，多亏了凤琏夫妇。识时知务，代管家发迹奴才，方得势青云霄路。背依大树，靠山坚固，男掌田租，女管尼姑，顺奴忠仆。相机行事，低调为人，作哑装聋，亦非烟雾。至情至孝，竭诚竭力，不倚不偏，无欲无虞。最难得、爱财知足。

### [大石调]【好观音】
坎坷踏平青云路，林之孝、满志踌躇。不辱家门足富余，忆当初、莫说痴人苦？

## 周 瑞

【冷子兴岳丈、荣府得势男管家。名义上管春秋地租，暗里替凤姐等放账收银。后因义子打劫案发，失宠被撵。】

[大石调]【荼蘼香（摘调）】

老仆名头响，内管家、迎来安往，主母俩陪房。家奴得势成密党：明守粮仓，暗中负贝囊。为熙凤、放账收银，赠玫瑰、余香在手，邀眷宠、青云注仰。

[幺篇]（换头）

主贵奴尊，夫随妇唱，难填欲壑心膨胀。义子祸，亲子害，池鱼遭殃。鸣得意、占尽风光，到头来，一场空、泪流汪浪。

## 吴新登

【名字谐音"无星戥"，荣府银库房总领，贾府几个头面男家人之一，曾参与规划和兴建大观园。】

[大石调]【蓦山溪（摘调）】

无星戥秤，只把金银认。轻重自高低，总管平心而论。刮铁针尖，蚕食鲸吞。

[幺篇]（换头）

贪欲壑，怎填平？金银醉眼，黑白如何证？都道戥无星，道义人心即秤。利令神迷，谁可清醒？

## 王善宝

【贾府八管家之一，夫妇是邢氏陪房、得力心腹，是贪财自私心胸狭窄的势利小人。】

[大石调]【恼杀人（摘调）】

狭窄心胸浮躁，夫妻仗势招摇。闲得惹是生非，讨人嫌、招没趣，一副牛黄狗宝。

[幺篇]

得志奴才狞恶，恃强不必凌弱。狐凭虎威犹可笑，自挖坟墓，说嘴打嘴现报。

## 吴　贵

【晴雯表哥，老实胆小，两口子住大观园后角门外，伺候园中买办杂差。】

[般涉调]【墙头花】

表哥惧内，胆小鼠儿辈，老实无能枉自欺。充买办、搜取甘肥，管杂役、闲差自美。

[幺篇]（换头）

娇妻姿色丽，水性陪人睡，怯懦甘当缩颈龟。惹风流、逐臭如蝇，窝囊废、蒙羞忍耻。

[幺篇]（再换头）

哥疼嫂不慧，狠心弃表妹，尸身尚未寒，频催化骨灰。悲晴雯、孤苦伶仃，叹吴贵、人不人鬼不鬼。

## 金文翔

【鸳鸯哥哥，贾母房中买办，贪婪卑鄙小人。】

[般涉调]【哨遍（摘调）】

一副卑微贪相，飞黄腾达无希望。买办原为世家奴，父看房、妻子洗浆。侍贾母、妇随夫唱，首领班头，趋附有依傍。得意小人模样，浅庸鄙俗，势利猖狂。全凭贤妹作支撑，大树遮阴好乘凉。道是精明，却也乖张，真人前巴巴吊谎。

[般涉调]【麻婆子】

猥琐无情兽，自私白眼狼，只顾门前雪，何怜瓦上霜？明知赦老色情狂，热巴巴逢迎主子嫁鸳鸯。哥狠如蛇蝎，妹哀哭老娘。

[幺篇]

钱使鬼推磨，情同冰雪凉；欲壑如深海，贪心似热汤。鸳鸯无助泪汪汪，到头来丝绦一挂系悬梁。哥嫂无羞耻，欲收银百两。

## 余　信

【掌管寺庙月例银子的管家。】

[般涉调]【耍孩儿】

为人顽劣留余信，搜刮尼姑不忍。两园寺庙数青灯，专司月例纹银。静虚师傅相通好，水月庵中跑得勤。谁来问，克斤扣两，秽迹污痕？

## 戴　良

【荣府管库头目。】

[般涉调]【急曲子】

古戴良、诗家隐士，此戴良，直管粮仓。谷丰盈、廪储大量，非硕鼠、何须待谅？收支莫不有空虚，抑或私开花账？

## 单大良

【具体司职不详，出现时排名赖大、林之孝后。】

[商角调]【黄莺儿（摘调）】

荒衍，荒衍，职司不详，生平未见。论排名、地位居前，无从誉贬。

[幺篇]

摆宴，骈阗，如非宠贵，独无进显。优与劣、谓之家犬，谓之家犬。

## 俞　禄

【宁府小管家，分管日常内务琐事、银钱收支。】

[商角调]【踏莎行】

噩噩浑浑，庸庸碌碌。管家司职，必较锱铢。钱库无余，如何补足？为奴仆，苦衷难吐。

# 金陵十雅士

## 甄应嘉

【表字友忠，甄宝玉父，金陵人氏，功勋之后，曾任钦差金陵省体仁院总裁，与贾府是老亲，又是世交，两家来往甚密。曾因挂误革职，罹遭抄家之祸。】

[商角调]【应天长】
骑御马，戴禁花。特命钦差，雍容尔雅。假作真时甄应贾。宣洪化，行巡察，体仁从纳。

[商角调]【盖天旗】
金陵甄贾，先世深情无价。旧谊新交，瓜田李下。加革究，因误挂。起复蒙恩，反而疲罢。

## 冷子兴

【周瑞女婿，都城古董商，和贾雨村是好友。他曾向贾雨村介绍荣国府，使贾家众人整体亮相。】

[商角调]【垂丝钓】
江湖自骋，古董商人庆幸。觅、异宝奇珍，倒卖收藏加一等。

惨淡经营，行家行径。

## [幺篇]

图形画影，冷眼旁观子兴。说、贵族侯门，贾府宁荣名胜景。挈领提纲，难书贫罄。

## 山子野

【人称老明公，本姓胡，"山子野"是指行业和专长，擅长垒沙堆土，设计假山，大观园筹划起造由他负责。】

### [商调]【集贤宾】

垒岩叠山开慧眼，自可立标竿。起楼阁、亭台巧布，建园林、花木斑斓。大观园、曲水逶迤，宁荣街、屋宇连环。匠心妙微非等闲，看太极、星斗阑干。精工堪卓绝，气派不平凡。

## 程日兴

【贾政门下清客，画美人是绝技，在古董行做事，曾参与兴建大观园工程。贾府被抄，唯他仍与贾政来往。】

### [商调]【逍遥乐】

古玩为业，画技称绝，江南俊杰。兀兀嘘嗟，闲云鹤、何所凭借？荣国府中常作客，情自得、婉顺委蛇。友贤不弃，亮节高风，率性豪侠。

## 詹 光

【字子亮，善绘工细楼台，也曾参与兴建大观园规划设计。善

拍马逢迎，贾府失势，人即辞去。】

[商调]【挂金索】

名曰詹光，雅号称子亮；门客闲人，一副低眉相。善绘楼台，工细难摹状；走狗斯文，只把权门傍。

[商调]【金菊香】

谈诗论道话阴阳，陪弈闲聊同宴飨。巧言奉承难效仿。得势沾光，失势走仓惶。

## 单聘仁

【曾随贾蔷到苏州采买女优伶。由此可见，他许是"擅聘仁"而不是"骗人"。】

[商调]【上京马】

相公清客出寒门，姓单诨号"擅聘人"。十二优伶皆秀敏。有道是、良马驰奔，世间伯乐却难寻。

[商调]【醋葫芦】

脂砚云："善骗人"。牵强附会入迷津，混淆视听无慎谨。红楼阅尽，聘仁的是有遗痕。

## 王作梅

【贾政门下清客相公，其余信息不详。有人解为"妄做媒"。】

[商调]【梧叶儿】

谐音讳，"妄做媒"，清客伐柯为？幽香逝，"枉折梅"，孰能窥，著者意、穷原竟委？

## 卜固修

【贾政门下门客相公，谐音"不顾羞"，也曾随贾蔷到苏州采买女优伶。】

### [商调]【双雁儿】
无劳有获处尊优，吃白食、不顾羞，儒雅清闲甩长袖。品闲茶、喝浪酒，耍嘴皮、当走狗。

## 傅　试

【原是贾政的门生，贾政也着实高看他，故与别的门生不同。后来做了通判。】

### [越调]【挂玉钩】
附势趋炎鸣自得，最爱攀权贵。利益联姻厚脸皮，不嫁高龄妹。学士迂，门生媚。阁老衰颓，通判污卑。

### [越调]【风入松】
长兄猥琐只低眉，小妹实堪悲，空闺独守人憔悴，晚韶华、槁木枯灰。企望豪门婚契，换来章服威仪。

## 方　椿

【花儿匠，居荣府西门外，他曾承包大观园的绿化工程，栽花植树。】

[越调]【沉醉东风】

花儿匠、培根固本，绿化工、茹苦含辛。插针植角边，见缝栽方寸。大观园、四季氤氲，芳草稀微树树春，赏百卉、皆为极品。

# 贾府四酒鬼

## 焦　大

【宁国府三朝元老级男仆，从小跟宁国公出征，曾从死人堆里救出主子。因以往功劳情分，主子们对他另眼相看。他对后代们的糜烂生活深恶痛绝，常在醉后痛骂。】

[商调]【望远行】

三朝老仆亦英雄，救主人、立大功。舍生忘死报精忠，患难恩情重，当尊奉。青春季、佐戎，年衰后、失宠，难平愤懑酒壶中。儿孙辈、鸟尽藏弓，醒来能不刺心痛？

[商调]【凤鸾吟】

宁府中，鄙儿孙、贱父兄。待奴才、太不公！淫胚孽种，一群饭桶，纵声色，玷污宁荣。骂满门，抒哀痛，王八羔、辱没祖宗！

# 倪 二

【贾芸街坊，绰号"醉金刚"，虽是个泼皮无赖，"却因人而使，颇颇的有义侠之名"。】

## [商调]【玉抱肚】

泼皮无赖，醉金刚、大侠心魄。卑微仗义疏财，专报不平慷慨。赌钱打降开贷台，邻里困穷排解。济贾芸，骂雨村，无贪索，更无坑拐。倾囊救助，因人而待，生来嗜酒，豪侠风采。

# 邢德全

【邢夫人胞弟、邢岫烟之叔，人称"傻大舅"。唯以吃酒赌钱、眠花宿柳为乐，手中滥漫使钱，待人无心。】

## [商调]【浪来里】

德不全，呆亦傻。平常宿柳又眠花，赌棍酒徒钱漫洒。寄人篱下，缺心少肺更无家。

# 多浑虫

【晴雯表哥、多姑娘丈夫、贾府极不成器破烂酒头厨子，名叫多官，人见他懦弱无能，都唤他作"多浑虫"。】

## [商调]【高过浪来里】

生性浑浊，羸马跛骡，滥醉当歌，酒头厨子穷贪乐。无能兼软弱，媳妇被人讹。家有娇娥，徒惹风波。绿帽多多，耻辱多多，道是窝囊更窝火。

# 贾府四壮客

## 乌进孝

【黑山村庄头，大佃户。能说会道，世故油滑。】

### [越调]【斗鹌鹑】

佃户交租，侯门祭祖。豪富装穷，庄头诉苦。尔乃狡狐，我犹酷虎。暴发户、二地主。谁是肥猫，谁为硕鼠？

### [越调]【秃厮儿】

权贵无仁酷虎，庄头涸水蹄鱼。骑驴不知行脚苦，穷人泪，富人珠，呜呼！

## 包　勇

【甄府家奴，甄家败落后推荐给贾府。人憨厚，性忠勇，有武艺，办事认真谨慎。】

### [越调]【紫花儿序（摘调）】

浓眉爆眼，磕额长髯，阔背宽肩。为人憨厚，忠勇拳拳。堪怜，护院看门亦是缘。甄家推荐，贾府招贤，世戚渊源。

[越调]【天净沙】

莫言忠勇堪怜，莫言世戚渊源，暗受甄家派遣。无须揭穿，亦知过海瞒天。

## 来 旺

【荣国府男仆，凤姐陪房，也是得力心腹。】

[越调]【金蕉叶】

阿凤爪牙翅膀，为虎驱前作伥。残害无辜调谎，难得天良不枉。

[越调]【东原乐】

悲来旺，替罪羊，既是陪房亦干将。放债收钱明暗忙，心腹奴、凤哥（儿）枪棒。

## 李 贵

【贾府男仆，李嬷嬷之子，贾宝玉奶兄、贴身跟班。虽不识书，但颇明事理，众顽童大闹学堂时亏他力劝，平息了事。】

[越调]【麻郎儿】

非为贵种，却报孤忠。家生子、绝非市佣。明事理、超群出众。

[幺篇]（换头）

狡童奶兄仆从，小跟班、得宠怡红，闹学堂、调平合拢；探秦钟，遣排嗟痛。

# 金陵四无辜

## 冯　渊

【金陵城小乡绅之子，自幼父母双亡。人品风流，酷爱男风，看上英莲后，执意从拐子手中买下，未料拐子又偷卖与薛蟠，两方相争时被薛家主仆活活殴死。】

### [越调]【调笑令】

有缘，遇英莲，一见钟情偏福浅。奈何天不随人愿，喜临寒门生变。许是命乖时运舛，合当负屈逢冤？

### [越调]【小桃红】

红颜薄命正应怜，惹得人神怨。冤孽相逢恶侵善，更哪堪，炎凉俗世刀枪箭？无论品行，只分贵贱，何必说姻缘？

## 张　华

【市井泼皮，吃喝嫖赌，极不成器，被父撵出。曾与尤二姐指腹为婚，因家庭败落无力迎娶而了结。后凤姐利用张华指控贾琏，事毕险遭暗算，幸亏旺儿心善才得逃生。】

[越调]【络丝娘】

烂泼皮、赌徒酒客，骄淫侈奢，蜂招蝶惹，毁家败业。不成器、家严恨铁。指腹婚姻取而舍，灰飞烟灭。

[越调]【小络丝娘】

当枪手、听从凤姐，险丧命、惊逃一劫。

## 石呆子

【一个酷爱收藏书画之穷苦人，因拥有二十把古人写画真迹旧扇，贾赦逼买，抵死不肯。后被贾雨村讹诈抄没。】

[越调]【石竹子】

石大呆儿高雅怀，家藏古扇招祸灾。恶霸欺人逼强卖，抄没无端更可哀。

## 潘又安

【贾府小厮，司棋姑舅表弟，和司棋青梅竹马，发誓非对方不娶不嫁。他品貌风流，但性格懦弱。跟司棋幽会被鸳鸯撞见，畏罪远遁。司棋撞墙身亡，他也殉情自尽。】

[越调]【沽美酒】

东南孔雀飞，竹马绕青梅，两小无猜同坐起。相盟顾惜，姑表姐弟情契。

[越调]【太平令】

潘又安、风流夭美，秦司棋、高壮仪威。意绵绵、园中幽会，凄切切、离人眼泪。出轨，失礼，垢耻，殉情死、丈夫之气！

# 红楼四小人

## 卜世仁

【贾芸母舅，香料铺主人，是一个嫌贫爱富、自私虚伪而又庸俗的市侩之人。】

### [越调]【拙鲁速】

舅姑亲、肉连筋，舅甥情、贵于真。心无恻隐，不怜贾芸。袖手旁观又何忍？小市侩、计较斤斤，恁啬吝、卜世仁！

## 封　肃

【甄士隐岳父，是个嫌贫爱富的小人。女儿和女婿家遭火灾来投奔他，心中不乐；托他置买些房地，半用半赚；甄士隐出家后，对女儿每日抱怨。贾雨村做了县太爷，巴结奉承。】

### [越调]【天净沙】

务农家境丰殷，素来拍马逢迎，吝啬贪婪约损。六亲无认，竟然不恤天伦。

### [越调]【雪里梅】

女婿去投奔，半佣赚纹银，爱富嫌贫。攀高巴贵，何怜士隐？

# 李十儿

【贾政奴仆头儿，随从江西督运漕粮事务，勾连内外，哄着主子办事，自己搜刮钱财，反使贾政被定罪革职。】

## [越调]【鬼三台】

人卑陋，奸兜售，花言引诱。唆主子，欲何求，谋私顺手。此儿本是奴仆头，翻云覆雨渔利收。贾政蒙羞，无分良莠。

## 赖尚荣

【赖嬷嬷之孙、赖大之子，出生后脱了奴籍，长大后蒙贾家提携入仕宦。三十岁选做知县，任上大肆贪污。后贾府败落，贾政差人到赖尚荣任上借银五百两，只给五十两。】

## [越调]【耍三台】

世家奴、除名籍，买前程、县官带挈。三重恩、哪能磨灭，三代人、当谢周遮。运道衰微见兽心，求借贷、虚与委蛇。狗眼低、负义移恩，不肖子、行为拙劣。

# 红楼四太监

## 戴　权

【亦称载权，大明宫掌宫内监，一个威势赫赫的宦官，与贾府关系密切，常来敲诈勒索。】

### [越调]【寨儿令】

掌大权，赫煊煊，宫廷太监代皇权。鬻爵推贤，勒索银钱，无法亦无天。看他空话连篇，出言雷鼓喧阗。一张龙禁尉，百亩负郭田。怜，毕竟不传延。

## 夏秉忠

【谐音"瞎秉忠也"，人称六宫都太监夏老爷。】

### [越调]【眉儿弯】

官内竖，皆放纵。传御旨、八面威风。后拥前呼仆从众，秉忠擅宠，擅宠，贵三公。毕竟奴才，天生贱种。

## 周太监

【曾以买房子少银子为借口，打发小太监来向贾府借钱。】

[越调]【雁儿落】

逢年必送礼，求事须行贿。太监皆缺德，阉宦尤阴黑。

【得胜令（带过）】

张口诈而欺，借款去无回。管你亲皇族，任他近国戚。宫闱，都是贪财辈，宫贼，犹如吸血鬼。

## 裘世安

【为总理内廷都检点太监。】

[越调]【乔牌儿（摘调）】

内廷都检点，手执上方剑。宦官总理贪无厌，如何求事安？

[幺篇]

求情多打点，犯事可遮掩。卖官鬻爵无赊欠，还须赔笑脸。

# 贾府十二小厮

## 茗　烟

【即焙茗，老叶妈之子，贾宝玉贴身书童。他不谙世事，淘气顽皮，是贾宝玉叛逆思想和行为的支持者与同情者。】

[越调]【锦上花（摘调）】

第一书童，主奴知己。伶俐聪明，活泼调皮。年少无邪，不谙事体。心有灵犀，同悲共喜。

[幺篇]（换头）

尔曹意贯通，主奴心潜契。体察心思，形影相随。"闹学"扬威，"搬书"当贼。"代祝"称奇，尽忠不悔。

## 锄　药

【宝玉小厮，位列第二。喜逗弄鸟雀玩耍，是一个调皮贪玩小仆人。】

[越调]【碧玉箫】

年少夭夭，顽皮亦乖刁；淘气包包，整日乐逍遥。提笼嬉翠鸟，隔枝抓跳猱。相戏谑，牵马前开道，瞧，此儿名锄药。

## 伴　鹤

【贾宝玉小厮，位列第三，与位列第四的扫红交好，二人经常在怡红院门外下棋。】

[越调]【搅筝琶】

书童座，位列小三哥。伴鹤扫红，敲棋切磋。主与奴，笑声欢，意趣多多。怡红门外东逝波，岁月蹉跎。

# 扫 红

【贾宝玉小厮，地位比较低，位列第四，和位列第三的伴鹤关系甚好。】

### [越调]【清江引】

伴鹤扫红锄药陪，年少皆卑位。怡红诸小厮，都是孩儿气，心窍敏明澄透剔。

# 庆 儿

【贾琏、王熙凤小厮，王熙凤曾暗使他调唆张华，状告贾琏停妻再娶，欲借刀杀人。】

### [越调]【步步娇】

小小年龄遭欺弄，明暗忙唆讼。愚侍童，当剑伤人不由衷。作帮凶，听命王熙凤。

# 昭 儿

【贾琏心腹小厮，曾随贾琏送林黛玉回扬州探林如海，林如海殁即赶回京城报丧取衣。】

### [越调]【落梅风】

挥之去，招即来，是心腹、贴身亲派。俗云侯门深似海，又岂敢，简疏稍怠。

# 兴 儿

【贾琏心腹小厮（宁府有同名者），曾对尤二姐细说荣府成员。王熙凤发觉贾琏偷娶，拿他盘问，皆告知。】

## [越调]【乔木查（摘调）】

片言能悟主，何愧称心腹，出语诙谐十足。口中无顾忌，必遭其辱。

## [幺篇]

身临目睹，评点荣国府，风趣横生皆列举。既知唇齿祸，何必当初？

# 隆 儿

【贾琏心腹小厮，给贾琏跟班牵马，常出入于花枝巷，为尤二姐送财物银两。】

## [越调]【庆宣和】

跑腿跟班牵马，机敏圆滑。出入花枝外房家，后怕，后怕！

# 寿 儿

【贾珍心腹小厮（宝玉有小厮同名），牵马小童。】

## [越调]【水仙子】

莫言小仆两重名，同是奴才双弟兄。同牵骡马非同命，公平无对等。寿儿心、恩怨分明。亲而近，友与朋，淡水浓情。

# 喜 儿

【贾珍心腹小厮，为人乖觉伶俐。】

### [越调]【庆东原】

牵花马，贪小酒，聪明伶俐人憨厚。花枝巷口，尤姨阁楼，牝马槽头。醉方休，醒依旧。

# 钱 槐

【贾府男仆，贾环小厮、赵姨娘内侄，父母在库上管账。】

### [越调]【黄蔷薇】

一槐分木鬼，骄纵任恣睢。倚仗家亲赵姨，满腹横流坏水。

### [越调]【庆元贞】

求亲仗势霸为媒，五儿执意不依随，钱槐嫉恨泼淫威。无非又气又愧，暗吃哑巴亏。

# 彩 明

【王熙凤小书童，称"彩哥儿"，为王熙凤做登账、点名、查书等事。】

### [越调]【南乡子（摘调）】

凤姐小书童，记账读经文墨通。重任在肩当助手，朦胧，孰辨侍鬟或仆从？

# 红楼四太医

## 张友士

【难得少见、有真本事之民间良医，冯紫英幼年时学友。他医术高明、医德高尚。】

### [越调]【大德乐】

隐逸江湖比太医，业术虽精，秦卿病也奇。郎中次第来，真才知有谁？心疾心药医，穷源论病理。德艺兼美，渊深如止水。友士高明，仙方藏密机？

### [越调]【石竹子】

友士良方切病理，养肝益气调肾脾。附会牵强隐机密，如此讹谈不亦悲？

## 王君效

【王济仁叔祖，曾为太医院正堂。】

### [越调]【捣练子】

称妙手，可回春，悬壶济世祖而孙。太医院、掌门人，"好脉息"、本事真。

# 王济仁

【王君效侄孙，太医院六品御医，说话圆滑，医道亦甚高。后在军前效力。】

### [越调]【乱柳叶】

袭衣钵、六品皇医，承祖德、尚仁崇义。荣宁两府深交契，问疾无讳，尽心微密。绣闺、内室，常走动、不怪罪。

### [越调]【早乡词】

语圆滑，知大体，道行高、术业精极。治哥儿、医妯娣，看闺房、愈奴婢，谒侯门、公假私为。

# 胡君荣

【宫中太医，医道不精、心术不正的庸医。】

### [越调]【豆叶黄】

医道非精，自恃清高。心术虚邪，卑庸浮躁。感冒伤风，乱开猛药。糊里糊涂献世包，妄断尤娘，经水无调，堕胎致夭。如此郎中，枉号国医，惹人讥笑。

# 红楼男性无分类十人

## 长安守备子

【姓名不详，早已聘定给张财主之女的金哥，后王熙凤受贿硬将一对"鸳鸯"拆散。未婚妻自缢，他投河自尽。】

### [越调]【绵搭絮】

欺人仗势，索贿贪财，横刀夺爱，更不该。拆散鸳鸯各自哀，自缢投河情未改。包揽官司，凤哥能主宰。

## 卫若兰

【王孙公子，生平不详。庚辰本回末总评曰："后数十回若兰在射圃所佩之麒麟，正此麒麟也。提纲伏于此回中，所谓草蛇灰线在千里之外。"】

### [越调]【小将军】

王孙公子哥，英武又通脱。只因配错麒麟锁，命里遭坎坷。

### [越调]【小阳关】

伏射圃、尔与我，畸笏叟、可偏颇？对月吟哦，白首悲歌，说什么、因与果？

## 秦　业

【秦钟生父，秦可卿养父。任工部营缮郎，夫人早亡，因素与贾府有些瓜葛，将养女许配贾蓉。五旬方得了秦钟。】

### [越调]【风入松】

亲儿养女两相绝，实堪伤嗟。工部营缮秦邦业，别天伦、孽障周遮。到老因情生劫，便宜未得须些。

## 霍　启

【谐音"祸起"，甄士隐的家奴，因弄丢英莲，便逃往他乡去。】

### [越调]【小拜门】

丢失英莲即逃离，胆小心虚怕牵累。无知，无知引祸起，薄情亏义。

## 花自芳

【袭人之兄，因生活困顿，与父母一道将袭人卖与贾府，父亲死后，家境渐好，又和母亲商议，要赎出袭人。】

### [越调]【拔不断】

妹贤良，尔沾光。若无囿苑春枝放，哪得荒庭花自芳？天生一副奴才相，得势时、小人狂妄。

## 杏　奴

【柳湘莲小厮，谐音即"性奴"，有红学家据此认为他与柳湘莲为同性恋。】

### [越调]【相公爱】

未必书童作性奴，柳自相怜杏相居。清白何玷污？无稽揣测引歧途。

## 王狗儿

【王成之子、板儿之父，刘姥姥的女婿，他的爷爷曾攀结金陵王子腾家为"本家"。】

### [越调]【大拜门】

绕脖宗亲，侯门贵尊，打秋风、居然相认。（你）怜穷恤贫，（我）怀仁报恩，到头来、相约婚姻。

## 板　儿

【狗儿之子，刘姥姥的外孙，随刘姥姥初进荣国府时才五六岁，十分腼腆。】

### [越调]【小喜人心】

垂髫年幼，交情兰臭，伏红线、香橼暗投，指点迷津佛手。板儿羞怯，巧姐娇柔，燕侣莺俦。穷汉携红袖，宿缘天成就。

[越调]【也不罗】

羡鸳俦，慕雎鸠，陋室藏闺秀。姻缘注定由天授，莫道能猜透。

## 小门子

【原是葫芦庙里小沙弥，葫芦庙遭火后，他当了应天府衙小门子，曾给贾雨村呈护官符，后被充军发配。是个自作聪明、得意忘形、投机图利，灵魂扭曲之人。】

[越调]【山石榴】

小沙弥，鸿鹄志。投机图利充门子，反做糊涂事。

[幺篇]（换头）

门子藏隐私，附高枝。墙头芦苇无何恃，空有踌躇志。

## 王一帖

【天齐庙里道士，浑号王一帖。卖所谓"一帖百病皆除"药，常在宁荣二府走动。】

[越调]【也不罗】

笑呵呵，乐多多，卖嘴唠闲嗑。灵丹妙药谁看过？道士真邪恶。

[越调]【醉娘子】

一帖愈沉疴，何须找华佗？外道邪魔，骗子奸讹。可笑也摩铁砂锅，可笑也摩铁砂锅。

品红联

一卍

# 品红联

## 第一回

### （一）

梦幻识通灵，贯红楼脉络；
风尘怀闺秀，藏故事玄机。

### （二）

事真士隐，请访葫芦庙；
假语村言，且听僧道歌。

## 第二回

### （三）

贾夫人逝世，疏枝独木何从去？
荣国府收孤，弱女娇身至此来。

### （四）

冷子兴酒肆闲谈，演说宁荣两府；
贾雨村丢官得馆，师传富贵千金。

## 第三回

### （五）

贾门垂爱，且将甥女当亲女；
黛玉寄篱，忍把他乡作故乡。

### （六）

二玉相逢，梦里依稀故旧；
三春际会，原来警幻前盟。

### （七）

两阕小词，骂煞怡红公子；
一支散曲，夸扬绝世痴人。

## 第四回

### （八）

薄命女，应怜薄命犹堪叹；
葫芦僧，遗笑葫芦更可悲。

### （九）

一纸护官符；
万家泣泪书。

## 第五回

### （十）

风月场桃红柳绿，金迷纸醉；

太虚境仙曲琼浆，孽海情天。

### （十一）

红颜脂粉，历尽三千劫；

警幻仙姑，指迷十二钗。

## 第六回

### （十二）

偷试云雨，明是丫鬟，暗为侍妾；

初开情窦，难为宝玉，何责袭人？

### （十三）

刘姥攀亲，村妪神情，活灵活现；

凤姐会客，富婆嘴脸，尽相穷形。

## 第七回

### （十四）

贾琏戏凤姐，闺房秘事，岂与风流并论；

宝玉惜秦钟，公子闲情，得无纨绔同痴？

## 第八回

### （十五）

金莺露意，谶言证合良缘配；
黛玉含酸，结局离分木石盟。

## 第九回

### （十六）

情友入家塾，斗草惹花，香怜玉爱；
顽童闹学堂，挥鞭舞凳，墨溅书飞。

### （十七）

娈友争风，偎花惹草风流种；
顽童闹学，伙斗群殴爱恋情。

## 第十回

### （十八）

金寡妇不平，既知关节休张口；
张太医无碍，细说病源却警心。

### （十九）

良药怎疗心疾；
神医不治膏肓。

## 第十一回

### （二十）

鄙侯门，父子聚麀，叔嫂通奸，除了石狮何净物？
悲贾府，弟兄挟怨，主奴离德，若非淫逸即骄奢。

### （二十一）

凤姐悲侄媳，抚慰由衷情切切；
可卿感婶娘，难逃在劫色空空。

## 第十二回

### （二十二）

贾瑞独相思，色胆包天亦痴耳；
凤姐双布局，淫狼入室犹毒焉？

## 第十三回

### （二十三）

可卿命丧天香，耻笑捐封龙禁尉；
凤姐威施宁府，敢当担负不羁才。

### （二十四）

劝凤姐，未雨绸缪寻退路；
戒贾门，趁风转舵占先机。

（二十五）

凤姐幻中行骇世；

可卿梦里语惊人。

## 第十四回

（二十六）

怡红谒北静，无非豪杰爱豪杰；

凤姐哭秦卿，可谓风流惜风流。

## 第十五回

（二十七）

铁槛寺中龌龊人，舞弊弄权，关涉官司命案；

馒头庵里风流事，翻云覆雨，是为儿女私情。

## 第十六回

（二十八）

寿辰日，元春忽得封妃圣旨，添花锦上；

喜庆时，宝玉骤闻失友丧钟，结郁胸间。

## 第十七回

（二十九）

大观园告竣，元妃问省，初归故里；

贾宝玉呈才，匾额题联，小试牛刀。

## 第十八回

（三十）
公子展诗才，情生景物犹放胆，
裙钗舒蕙性，法取名贤自脱胎。

## 第十九回

（三十一）
主奴投气，共度良宵花解语；
兄妹知音，同偎红烛玉生香。

## 第二十回

（三十二）
黛玉娇音，谑湘云咬舌；
晴雯妒意，因麝月篦头。

## 第二十一回

（三十三）
琏二贪淫，饿狼乏食餐饥鼠；
平儿庇主，软语遮脏掩丑闻。

## 第二十二回

（三十四）
悟禅理，禅理偏成曲调；
制灯谜，灯谜巧引谶言。

## 第二十三回

（三十五）
国色天香，淫词艳曲移心性；
神瑛绛草，玉女金童苦恋情。

## 第二十四回

（三十六）
醉金刚，市井俗人存侠气；
痴儿女，草根奴婢动真情。

## 第二十五回

（三十七）
引邪魔，赵妾舍钱招隐患，阴施歹毒计；
坑姐弟，道婆作法魇通灵，反跌木鱼声。

## 第二十六回

（三十八）
小红传隐语，相思咫尺撩人醉；
黛玉泣花阴，鸟梦香魂掩泪吟。

## 第二十七回

（三十九）
滴翠亭边，戏蝶宝钗添雅兴；
埋香冢畔，扫红黛玉怨东风。

## 第二十八回

（四十）
茜香罗转赠，暗示姻缘注定；
红麝串亲赐，分明属意有加。

## 第二十九回

（四十一）
宝钗金锁，已惹颦儿生妒；
湘妹麒麟，犹刺弱女伤心。

## 第三十回

（四十二）
薛宝钗因扇，讥讽多情玉；
优伶女画蔷，痴迷局外人。

## 第三十一回

（四十三）
闲人雅兴，为博红颜添一笑；
浪子风流，何思纸扇值千金？

## 第三十二回

（四十四）
情眼出西施，直将落雁当飞燕；
邪味迷鼻窦，错把花香作玉香。

## 第三十三回

（四十五）
动唇舌，恶弟投谗为泄愤；
遭笞挞，家严恨铁不成钢。

（四十六）
富贵哥儿，常为红粉场牵累；
风流公子，偏在莺花路滞留。

## 第三十四回

### （四十七）
三首新诗，千行碧泪；
两条素帕，一片深情。

### （四十八）
袭钗良规正劝，无何狎亵，实乃理中理；
宝黛私言密语，不避嫌疑，无非情内情。

## 第三十五回

### （四十九）
甜言蜜语一杯羹，恩仇缘未尽；
玉钏金莺两侍婢，德怨自分明。

## 第三十六回

### （五十）
袭婢绣鸳鸯，心唯一玉无旁骛，
龄官爱公子，情系三生有独钟。

## 第三十七回

### （五十一）
夜磋十二题，钗云合议；
诗咏三秋菊，东道同邀。

## 第三十八回

### （五十二）

菊花八咏，一幅菊篱画卷；
蟹韵三吟，满庭蟹宴风光。

## 第三十九回

### （五十三）

刘姥姥插科打诨，张弛有致；
情哥哥究底寻根，趣味横生。

## 第四十回

### （五十四）

太君两宴，村妪穷形尽相；
酒令三行，鸳鸯夺主喧宾。

## 第四十一回

### （五十五）

尼妙玉茗茶赏雪，闲情庄雅；
母蝗虫如厕醉眠，憨态雍容。

## 第四十二回

### （五十六）

蕙语诉知心，仇敌化为闺友；
兰言消妒意，黛钗冰释前嫌。

## 第四十三回

### （五十七）

凤姐攒金庆寿，妯娌姑婆犹计较；
痴儿撮土为香，情仇爱恨更鲜明。

## 第四十四回

### （五十八）

反目夫妻，异梦同床终旧眷；
轩波闹剧，豪门丑事不新闻。

### （五十九）

妾身屈辱，喜出望外情切切；
公子温柔，相怜同病惜惺惺。

### （六十）

得意忘形时，常生叵测祸；
严防死守处，难免不疏虞。

## 第四十五回

### （六十一）

金兰语，推心置腹，温馨尤委婉；
风雨词，夺魄销魂，苦闷更颓伤。

## 第四十六回

### （六十二）

尴尬人，为龌龊丈夫而碰壁；
鸳鸯女，仗权威支柱以悬衡。

### （六十三）

老牛贪嫩草，思存念念；
癫狗仰天鹅，想入非非。

## 第四十七回

### （六十四）

风流剑侠，雪辱惩奸敲恶霸；
冷面郎君，隐踪匿迹走他乡。

## 第四十八回

### （六十五）

滥情人受辱，游艺避羞，做回头浪子；
慕雅女苦吟，投师进社，称入梦诗痴。

## 第四十九回

### （六十六）

立雪赏梅，画意诗情，景语皆情语；
割腥饮酒，悠闲逸趣，俗人亦雅人。

### （六十七）

怡红托爱，痴宝玉探情妙玉；
栊翠折梅，护花人赏乞花人。

## 第五十回

### （六十八）

即景联诗，群钗争咏红梅白雪；
制谜隐秀，底蕴多含寓意玄机。

## 第五十一回

### （六十九）

薛小妹编怀古诗，明写编诗，暗为借喻；
胡庸医用虎狼药，虚谈用药，实点晴雯。

### （七十）

天若有情轻久暂；
业因无佛报悲欢。

## 第五十二回

### （七十一）

情掩虾须镯，见平姐仁心仁爱，唯"仁"能解释；
病补孔雀裘，看晴雯勇气勇为，非"勇"可包含。

## 第五十三回

### （七十二）

除夕祭宗祠，场面恢弘，贵族无非显贵；
年关进租贡，礼目繁多，穷人哪敢哭穷？

### （七十三）

乌庄头对话，见农村凋敝；
贾大爷哭穷，知富贵逼人。

## 第五十四回

### （七十四）

借击鼓传梅说笑话，补元宵宴谑音；
效斑衣戏彩讨欢心，拾老莱儿牙慧。

### （七十五）

传梅击鼓，女先巧对将军令；
戏彩斑衣，贾母机敲睿敏人。

## 第五十五回

### （七十六）

生母怨亲女，赵姨枉争闲气；
刁奴欺幼主，探春稳坐钓台。

## 第五十六回

### （七十七）

探春改革大观园，工、管、包一条龙，穷通决断；
宝姐推行责任制，职、权、利三结合，恩惠分明。

## 第五十七回

### （七十八）

紫鹃试莽玉，小奴有意情牵线；
黛玉认干娘，孤女无援泪做媒。

### （七十九）

宝钗赎典当，尽无数人情物理；
姨妈慰颦儿，含几多假意虚情。

## 第五十八回

### （八十）

假凤虚凰，人间有爱皆同尔；
真情痴理，仙眷无缘亦枉然。

（八十一）

杏花结子，薄暮犹伤感；

公子多情，落红亦动人。

## 第五十九回

（八十二）

麝月飞符召将，因风波乍起；

平儿息事宁人，为闹剧收终。

## 第六十回

（八十三）

茉莉粉掉包，环儿献媚遭羞，心存怨气；

蔷薇硝引火，庶母闹园泄愤，老不正经。

## 第六十一回

（八十四）

金彩挺身认罪，敢作敢当，是正经人肝胆；

五儿跪诉申冤，难言难辩，遭嫌隙者讥嘲。

（八十五）

宝玉护三春，兜事揽赃，恐误伤其妹；

赵姨唆一婢，偷霜窃露，欲嫁祸于人。

## 第六十二回

### （八十六）

醉眠芍药圃，给湘云憨态摩真；

情解石榴裙，为宝玉呆情着笔。

## 第六十三回

### （八十七）

宝玉生辰，昼而开宴，夜而开宴，浮华子弟何其鄙陋；

朱门华府，老也风流，少也风流，富贵人家如此靡奢。

### （八十八）

贾敬宾天，虔心已作游仙鹤；

理丧独艳，蝶梦旋飞绕树鸦。

## 第六十四回

### （八十九）

黛玉题诗，淑女悲中有雅；

贾琏赠佩，淫贼望外无行。

## 第六十五回

### （九十）

贾二赚婚，未得善终，淫为罪孽；

尤三思嫁，死于非命，情是祸胎。

## 第六十六回

### （九十一）

失身时，浓妆艳抹，羞辱群凶，不失凛然正气；
择婿后，念佛吃斋，孝从寡母，绝非苟且蝇营。

### （九十二）

柳湘莲，冷面冷心非冷血，
尤三姐，情痴情烈有情人。

## 第六十七回

### （九十三）

兴儿回主母，丧魂落魄，一脸死灰密布；
凤姐审家童，究底刨根，满腔醋火中烧。

### （九十四）

凤姐闻风，为纳垢闱中而恨；
黛玉思乡，叹寄身篱下之悲。

## 第六十八回

### （九十五）

尤氏昏庸，事到临头惊失措；
贾蓉混账，情知被耍还感恩。

### （九十六）

贾琏自是须眉浊物；
凤姐堪为脂粉奸雄。

## 第六十九回

### （九十七）

张华龌龊，犹若丧家犬，险丢性命；
贱婢淫邪，甘当落井石，自掘坟坑。

### （九十八）

悲妒妇，醋浪酸波淹妒死；
叹痴人，情天孽海作痴魂。

## 第七十回

### （九十九）

桃花梦远，柳絮风飘，林薛遭逢暗合；
美艳同悲，红颜共哭，群芳命运相同。

## 第七十一回

### （一百）

婆媳间挟怨，嫌隙人究嫌隙事；
假山后偷情，家鸳鸯遇野鸳鸯。

### （一百〇一）

情小妹约潘表兄，招来祸患；
绣春囊祸累金凤，迭起风波。

## 第七十二回

### （一百〇二）

凤姐羞言病状，恃强自尊，真女强人形象；
鸳鸯不说奸情，赌咒立誓，乃慈菩萨心肠。

### （一百〇三）

来旺家仗势欺人，岂管他人薄面？
王熙凤做媒强娶，全为自己虚荣。

## 第七十三回

### （一百〇四）

夫人责媳骂儿训女，专生离异；
庶母煽风点火生潮，搬弄是非。

### （一百〇五）

金闺玉阁，忽现淫秽污物；
诗礼人家，也藏赌徒窃贼。

### （一百〇六）

风波惹出奸淫赌盗；
闲事招来绣凤香囊。

## 第七十四回

### （一百〇七）

裂隙生潮，萧墙起祸，纷乱夜惊蝴蝶梦；
谗言惑主，奸奴领命，冷丁搜检大观园。

### （一百〇八）

搜检大观园，贾府抄家预兆；
辞归宁国府，探春远嫁根由。

## 第七十五回

### （一百〇九）

甄家抄没，百足僵虫存朽骨；
贾府悲音，三秋蛩唱发哀音。

### （一百一十）

品秋赏月，昔日繁华犹冷落；
击鼓传花，今朝酒令不祥征。

## 第七十六回

### （一百一十一）

忆往昔，烈火烹油，鲜花着锦；
看今宵，飞鸟投林，乐极生悲。

### （一百一十二）

看漏永残吟，冷月花魂同泣泪；
开洞天福地，寒塘鹤影独惊心。

（一百一十三）

联诗悲寂寞，皆内心酸痛；

品笛感凄清，尽末世悲声。

## 第七十七回

（一百一十四）

戏子有情，斩情归水月；

晴雯遗恨，抱恨逝风流。

（一百一十五）

驱红逐艳，豪门作孽；

抱屈蒙冤，妒药杀人。

## 第七十八回

（一百一十六）

闲征娧婳词，学士用心试宝玉，有相公捧逗；

虚拟芙蓉诔，怡红泣泪祭晴雯，唯黛玉偷听。

## 第七十九回

（一百一十七）

河东吼悍妻泼妇，金桂妒贤，致家门不幸；

白眼狼恶棍贪夫，迎春失所，恨毒父无良。

（一百一十八）

一篇《芙蓉诔》，摘出四言，再三改易，吊晴对影；

八句《紫菱歌》，诗成七律，反复吟哦，触景伤怀。

（一百一十九）

与有情人相爱，别问是缘是劫；

为知己者倾心，谁言为愚为痴？

## 第八十回

（一百二十）

莽夫亦贪夫，心中只有花腥女色；

泼妇兼妒妇，身上无非铜臭风流。

品红赋

# 曹雪芹赋

（以"怡红快绿"为韵）

红楼一梦，世人皆晓；作者根底，鲜为人知：既无史志查考，亦无谱牒详稽；生缺前人作传，死无后裔立碑。生平资料，少之甚少；著述流传，微乎其微。

幸敦诚、敦敏、永忠、明义之诗文，披露冰山一角；兼脂砚、畸笏、绮园、棠村等批注，方能斑豹半窥。身世出处，至今分歧，纷纭众说，扑朔迷离。究其原因，无非考佚。向来重仕轻文，令人悲催：区区小吏，史传志备；硕硕文豪，莫名其谁。才气无双，堪怜堪憾；英雄末路，可叹可悲！

然雪泥鸿爪，依然留迹；断句片言，尚可拾遗。红学诸师，搜罗辑缀；存真辨伪，细考详推。脉络相连，终成梗概；厘定传略，有据可依。

魏武一脉，雪芹曹公。枢密武慧王曹彬之后，百年望族；江宁织造府曹寅之孙，一代诗宗。生风月秦淮之地，繁华锦绣；长钟鸣鼎食之家，附凤攀龙。天道罔极，否极泰来；抄家荡产，作隶为佣。零落北徙，苟延残喘；中年落魄，斑发衰翁。竹篱茅舍，绳床瓮牖；孤烟落日，满径蒿蓬。卖字鬻画，赊酒食粥，门可罗雀，坎坷愁穷。

积劳贫病之窘、丧妻夭子之痛，尽抛血泪；琴棋书画为朋、诗酒笔砚相伴，聊慰情衷。补天之才，弃遗俗世；如椽之笔，消损尖锋。老骥嘶鸣，犹怀千里志；芹溪长笑，且作万夫雄。

思厥先人，块垒郁结：苍颜客老，筑梦悼红。十载辛劳，天地共哭；千秋香国，情孽相逢。气魄雄宏，"三曹"标格；辞采华茂，"八斗"遗风。

奇书一部，称末世春秋；柔毫三寸，穷人间象态：世情冷暖，兴旺衰败；假语真言，几多劝诫。诗词曲赋、匾额楹联、酒令灯谜，无不精彩；琴棋书画、医卜星相、针黹烹调，无不涵盖；小姐丫鬟、醉汉无赖、君子小人，无不记载；宴饮声色、冤情孽债、祭祀吊丧，无不随在。

摩景物浓淡参差、虚实相映，情景交融、大笔淋漓；写场面渲染铺张、陪衬烘托，点缀勾勒、率意畅快！半部红楼，穷形尽相，活灵活现；一纸绮梦，万象包罗，曲尽感慨。公子风流，竖儒咂舌；穷困潦倒，痴心不改！

翻破红楼，不忍卒读；感怀触绪，长歌当哭。思我同宗，晚生叹服；梦里依稀，卓尔在目：身胖额广，体肤色黑；性格傲岸，愤世嫉俗。苦酒浇愁，遣排积郁；才气纵横，豪放不束。诗词歌赋皆通，书画琴棋兼擅；翰墨工诗，标新抱独；丹青画石，奇峭突兀。

公字为霑，"既优既渥，既沾既足"；雅号雪芹，不屈不挠，不污不辱。挺嶙峋瘦骨，笑风雨红尘；奋如椽巨笔，抒心中孤独。世态人情，画卷昭昭；怡红快绿，馨香馥馥。诗曰：

> 一梦垂传情笃笃，呕心泣血铭神曲。
> 顶天立地崛昆仑，启后承前荣世族。
> 中道星陨当无憾，惊鸿掠影犹未辱。
> 我辈扬鞭自奋蹄，举旗接力光昭穆。

# 红楼梦赋

（以"千红一哭，万艳同悲"为韵）

题注：《石头记》《情僧录》《风月鉴》《红楼梦》，名虽异而实同渊。

自古传奇多托梦，才子梦、佳人梦，噩梦美梦皆梦幻；从来小说重言情，爱恋情、偕老情，真情假情是情缘。波澜壮阔，千秋画卷；雄文巨著，百世峰巅。举樽邀月，吐心中之块垒；破梦吹香，尽红粉之悲欢。笔墨方干，引无数痴人落泪；羞焄脍炙，令几多雅士垂涎。除非冷血，定解相思同苦；倘是热肠，应知木石相怜。真真假假，红楼绮梦；色色空空，俗世浮烟。

予观夫，一部红楼，将人情世态，寓脂痕粉迹间。以贾雨村言，记历经之事；借石头之口，诉腹隐之衷。入梦游幻境，巫山云雨；泣泪扫落花，满地残红。

黛玉填词，秋夜沉沉悲牖外；宝钗扑蝶，花枝冉冉隐墙东。两宴大观园，史太君享齐天乐；二进荣国府，刘姥姥成母蝗虫。凤辣子弄权，伤天害理；刺玫瑰理政，小试刀锋。贾元妃归省，皇恩浩荡；花袭人箴玉，回味无穷。宝玉焚香，暗抛红泪；晴雯撕扇，喜赚笑容。毒妇狠心，计思迷局；浪蜂轻薄，误入花丛。窍掩慧珠，人伦失却；波生欲海，情色何空？贾敬荒淫，欲贪贞女，鸳鸯绝誓，耻嫁衰翁。紫鹃试玉，意真情率；薛姨慰颦，言不由衷。恶弟小搬唇舌，致兄披笤；严父大动肝火，望子成龙。

结社海棠，裁诗分雅韵；偶吟柳絮，争艳唱高风。公子折梅，枝疏影瘦；佳人割肉，兽炭云烘。栊翠品茶，碗夺琉璃之彩；芦亭赏雪，酒浓琥珀之盅。醉眠芍药，粉融素颊秋水；病补雀裘，情悲水月芙蓉。怡红宴夜，悬令诗牌错觥筹；故冢埋香，忍见落花哭春风。桂阴品笛，冷月孤情飞鹤影；午夜联诗，清风瘦笔葬秋红。

至于四美钓鱼，意气放逸；稻香课子，辉生蓬荜。毒计掉包，宝钗胜出；潇湘焚稿，黛玉情卒。元春陨逝，梁柱已失；妙玉遭劫，因果归一。探春远嫁，难知凶吉；宁府被抄，灾临末日。兰桂齐芳，复兴家室；宝玉皈依，红楼了毕。

如此等等，不必赘述。神龙有尾，毕竟续貂之笔；错杂无端，难与原著相匹。

若夫扑朔迷离，警幻仙境：离恨天灌愁海，凄风肃雾；放春山遣香洞，宝林珠树。竹咬悬崖，松生空谷；异草芬芳，仙花馥郁。白石朱栏，仙居神屋；画栋雕檐，珠帘绣幕。绿窗风月，沉醉醇醪酽茗；碧水清溪，欣赏管弦歌舞。

洋洋大观，省亲别墅：东尽会芳，西接荣府；傍水依山，沁芳泻玉。曲槛萦纡，绮梦香魂；晓露晚星，朝云暮雨。怡红院，芭蕉本本海棠红；潇湘馆，泪斑点点湘妃竹。蘅芜苑，梦冷荼蘼豆蔻新；栊翠庵，梅侵瑞雪香馥郁。

有桥曰沁芳、蜂腰，有亭称芦雪、滴翠，东西南北结枢纽；山脊凸碧庄，山坡凹晶馆，远近高低精布局。秋爽斋，梧桐溅泪秋风剪；紫菱洲，蓼花扬火紫菱熟。暖香坞，书画藏春散墨香；稻香村，桑榆庇荫宜攻读。

且看红楼人物：列姓名者七百二，记事记人；择其要者百零八，可圈可点。冠名《情榜》《百美图》，无愧花魂；却道金陵十二钗，谁为情胆？黛钗合一，拥玉而三。公子痴迷不自持，感情纠葛终相犯。绛珠还泪，酬得郎恩，一枕相思憔悴损；警幻牵魂，换来春梦，三更眷念逍遥憾。鲛帕裂残泪渍留，鸾笺焚却痴情滥。

孽海情天，金玉良缘是也非；酸风醋雨，名花倾国浓而淡。可卿淫
丧天香，耻聚麀以乱伦；熙凤刁蛮东府，愤鹊巢为鸠占。楚水湘云
枕落霞，兰芳李下腾红焰。玉洁冰清，妙姑落魄风尘；尊荣华贵，
巧姐转身低贱。元应叹息，贾府四春；玉惜香怜，甄家独艳。红楼
十二金钗，历尽三千劫难。解语花徒费心思，随风絮沦落沟堑。小
姐多情，难寻月老神仙；丫鬟薄命，怎敌风刀雨剑？

　　小说虽小，离合悲欢；几多盛衰，无数惩劝。一部奇书，三春
旧梦；"真假"二字，最为关键。典型情节，不落窠臼；悲剧红
楼，堪称精典。环环相扣，层层为绊；伏笔千里，草蛇灰线。典型
环境，赏心悦目：风月无边，烟霞不尽；有虚有实，亦真亦幻。典
型人物，血肉丰满：活活生生，坷坷坎坎；既无尽恶，亦无尽善。
一石炎凉百艳哀；三春冷落千红怨。

　　嗟乎！红楼作者，雪芹曹公。挺"三曹"傲骨，扬"八斗"遗
风；一代大师措笔，十年辛苦批红。最早评书者谁？脂砚斋、畸笏
叟诸翁也。借批评扬名于世，揭隐寓指迷其中。亦披亦评，忽隐忽
现；假语真言，水乳交融。最佳续书者谁？陈伟元、高兰墅二子
也。搜罗残稿，细加厘剔；截长补短，连缀裁缝。三印红楼，一气
贯通。虽有续貂之嫌，亦为没世之功。

　　乱曰：岁月如梭尔，死生亦大矣。逝水向东，寄名过客。为情
颜立传，舍我其谁？动魄销魂，痴情抱憾；蹙眉研血，顽石凝脂。
假托情僧，隐藏真迹；演为小说，闪烁其词。红楼公子十年梦，脂
砚情文万古悲！

# 大观园赋

（以"石破天惊"为韵）

红楼梦境在大观，悦目怡情，叹为观止；邸园灵气在"沁芳"，滴翠流红，芳香扬溢。桥亭溪闸，据此命名；馆阁楼台，因之落座。纵横七里，覆及四方；分列两岸，谐和一体。

茂美天园，奉元妃驾临；蓼汀花溆，召百艳雅集。盛世繁华地，绿水青山；温柔富贵乡，光风霁月。吉祥征兆，亦幻亦梦；人间仙境，待凤来仪。常宁常荣，常思宁乐荣华；为诗为画，为赋诗情画意。

灵秀之园，香溪八达；曲径通幽，假山独卧。思义殿皇家气魄，大观楼崇阁巍峨；怡红院腻粉香堆，潇湘馆幽窗指冷；蘅芜苑绿透芷芳，暖香坞红深火蓼。沁芳桥波光倩影，隔岸花分一脉香；栊翠庵红梅白雪，妙姑诗启几人和？紫菱洲、缀锦楼，菱荇团团，芦絮朵朵；蓼风轩、藕香榭，菱藕香清，芙蓉影破。秋爽斋、晓翠堂，蕉叶听雨，梧桐滴泪；稻香村、杏花园，稻香扑鼻，杏帘风播。凹晶馆，鹤影寒塘悲寂寞；凸碧庄，春风秋月等闲过。

美景四时入画，风光一世永年。闲暇逍遥山水，游乐放旷大观：柳堤春晓，新柳依依，啁啾鸟语飞莺燕；丝绦舒卷，柔发寨寨，清溪香岸垂钓竿。竹径探幽，林深荫暗，清风弄影梳枝叶；惊涛鸣笛，噪雀声喧，新簧老箨展绵延。金桂飘香，飞花灿灿，万颗金粟洒芳甸；夕阳向晚，溪水潺潺，无边秋色醉婵娟。梅坞冰封，骨峻神寒，玉阁雕栏披素白；朱砂映雪，绿萼含烟，折梅吟诗尽放欢。元妃游幸，难共天伦；銮驾省亲，枉羡月圆。生离死别，尊荣忧患，亦伤亦叹，堪痛堪怜。

芳园遗迹，太极图形；欲寻原真，谁为蓝本？佳境神造，美景心生。水在金陵，山在燕京；移花接木，惨淡经营。学者探求，细考穷征；东西南北，谁能说清？

曹公竭虑，虚虚实实。巨笔融通，假假真真。所谓大观，存于意念；何须坐实，毋庸指明。文华精粹，来源生活；红楼物景，艺术典型。奇文幻梦，难捕光影；雪泥鸿爪，偶或生情。不揣浅陋，发为心声；聊以此赋，引为共鸣。

# 金陵十二钗赋

《金陵十二钗》，亦红楼传奇之别名。借女娲补天神话，演石头转世奇文。入温柔富贵乡，还冤孽风流债；历无可奈何天，付死生不了情。相思一缕，入梦三更，落花有迹，逝水无痕。缠绵徘恻，谁播情种；悲欢离合，何怨东风？绣闱金闺十二艳，都是红楼梦里人。

看来处：分属金陵姑苏，相逢宁府荣府。按姓氏：秦林妙李，书香门第；贾王史薛，四大家族。贾门四春，元迎探惜；清浊二玉，僧凡异殊。论关系：诸表姐妹，姑嫂妯娌；母女婶媳，亲疏远近；除却妙玉，咸为眷属。

红曲数支，演绎命途；判词一组，寓占结局：太虚境里，木石前盟，斑斑泪渍；薄命司中，金玉良缘，缕缕血痕。智慧晶莹雪，情痴玉带林；熙熙钗头凤，莹莹乞巧心。泥淖污妙玉，画梁缢可卿；苦李盼结子，湘云恨无根。原应叹息红颜泪，悼玉泣金别梦吟。红楼深处，落红销韵；黄土垄中，孤女离魂。蚕丝蜡泪三生共，故冢荒坟何处寻？

红颜薄命，悲剧风流。死而证其实者六：可卿失贞死，自缢香楼；黛玉痴情死，泪眼储愁；元春倾轧死，盛极必休；迎春虐待死，花谢清秋；熙凤好强死，尸抛荒丘。独唯李纨守节死，尚能母以子贵，封诰封侯。生而推其死者六：宝钗抑郁死，形若活囚；湘云孤独死，寡守居幽；探春眷恋死，满腹乡愁；惜春寂寥死，空耗灯油；妙玉腌臜死，含辱蒙羞。独唯巧姐无结局，抑或老死乡间，如马如牛。

嗟夫！莫道死生有命，天岂无道？唯应种智同圆，果必有因。不云尘世三千劫，且看金陵十二钗：有情者泪枯缘尽，重义者天怜地悯；守节者世尊人敬，失贞者黄泉路近；挟怨者酿灾蓄祸，有恩者富贵侥幸；看破者空门隐遁，痴迷者枉丢性命；行善者寿终正寝，作恶者必遭报应。诗曰：

> 花开花落一场空，缘去缘来千古同！
> 不信红颜皆薄命，相思泪尽哭春风。

# 跋

"十年磨一剑，千韵品红楼。"一位友人如此评价拙作，信不诬也。

追溯《千韵品红》策划始于 2011 年，其时我正抽调明光市委党史与地方志办公室编修《明光市志》，任第一稿总撰。工余时间重读《红楼梦》，并收集相关评红学资料，尤其是收集整理清代"题红诗" 560 余首（包括品红赋 20 篇）。

2012 年，《明光市志》初稿通过省级专家评审，我编好修改方案，即回原单位明光市职高继续任教。为深入解读《红楼梦》，此后用一年多时间，以《脂砚斋评点石头记》为蓝本，逐回、逐段、逐句地对原著进行注释点评，并汇集脂砚斋、王希廉等评点，形成《曹克考汇评集注红楼梦》，并发表于本人新浪博客。此番工作为《千韵品红》出炉，奠定了坚实基础。

2014 年我着手创作诗词曲赋，这对于具有 30 多年古体诗词创作经历者来说，应该是轻车熟路。2015 年，我用一年多时间，完成了《千韵品红》初稿，并印出小样，广泛征求专家学者及诗友们意见。根据大家建议，又进行反复锤炼，力求在专业上达到较高水平。

从 2015 到 2019 年，《千韵品红》又沉淀了五年。其间承蒙四位红学研究者及诗词大家，为本书作序，他们分别是：滁州学院文学与传媒学院院长、教授，中国红楼梦学会理事，滁州市诗词楹联学会会长袁新江先生；中国红学会会员、江苏省红学会理事、徐州市作家协会会员邵琳女士；安徽省作家协会会员、诗词评论家薛守忠先生；安徽省作家协会会员、红学研究者、天长中学语文教师路云飞女士。承蒙中国红楼梦研究会常务理事、副秘书长、当代红学家任晓辉先生为本书题写书名。此外，还有上百位诗友为本书写了贺诗及书画作品，在此一并致谢！所谓"十年磨一剑"，从2011年策划写作到2021年付梓，首尾粗算起来正好十年，故云不诬也。

题曰《千韵品红》，共收录作者品读《红楼梦》原创诗、词、曲、赋、联等原创作品1234韵，从情节、人物、环境诸方面，全方位、立体化地对原作进行品味、解读。其中品红诗，七绝600首；品红词244阕，品红散曲265支，品红联120副，品红辞赋5篇（其中《品红赋》用作自序）。所谓"千韵品红楼"，还算切合实际矣。

作　者

2021年4月于明光

附 录

# 《红楼梦》回目

## 前八十回

001. 甄士隐梦幻识通灵　　贾雨村风尘怀闺秀
002. 贾夫人仙逝扬州城　　冷子兴演说荣国府
003. 金陵城起复贾雨村　　荣国府收养林黛玉
004. 薄命女偏逢薄命郎　　葫芦僧判断葫芦案
005. 游幻境指迷十二钗　　饮仙醪曲演红楼梦
006. 贾宝玉初试云雨情　　刘姥姥一进荣国府
007. 送宫花贾琏戏熙凤　　宴宁府宝玉会秦钟
008. 比通灵金莺微露意　　探宝钗黛玉半含酸
009. 恋风流情友入家塾　　起嫌疑顽童闹学堂
010. 金寡妇贪利权受辱　　张太医论病细穷源
011. 庆寿辰宁府排家宴　　见熙凤贾瑞起淫心
012. 王熙凤毒设相思局　　贾天祥正照风月鉴
013. 秦可卿死封龙禁尉　　王熙凤协理宁国府
014. 林如海捐馆扬州城　　贾宝玉路谒北静王
015. 王凤姐弄权铁槛寺　　秦鲸卿得趣馒头庵
016. 贾元春才选凤藻宫　　秦鲸卿天逝黄泉路
017. 大观园试才题对额　　荣国府归省庆元宵
018. 皇恩重元妃省父母　　天伦乐宝玉呈才藻

019.情切切良宵花解语　意绵绵静日玉生香

020.王熙凤正言弹妒意　林黛玉俏语谑娇音

021.贤袭人娇嗔箴宝玉　俏平儿软语救贾琏

022.听曲文宝玉悟禅机　制灯迷贾政悲谶语

023.西厢记妙词通戏语　牡丹亭艳曲警芳心

024.醉金刚轻财尚义侠　痴女儿遗帕惹相思

025.魇魔法姊弟逢五鬼　红楼梦通灵遇双真

026.蜂腰桥设言传心事　潇湘馆春困发幽情

027.滴翠亭杨妃戏彩蝶　埋香冢飞燕泣残红

028.蒋玉菡情赠茜香罗　薛宝钗羞笼红麝串

029.享福人福深还祷福　痴情女情重愈斟情

030.宝钗借扇机带双敲　龄官划蔷痴及局外

031.撕扇子作千金一笑　因麒麟伏白首双星

032.诉肺腑心迷活宝玉　含耻辱情烈死金钏

033.手足耽耽小动唇舌　不肖种种大遭笞挞

034.情中情因情感妹妹　错里错以错劝哥哥

035.白玉钏亲尝莲叶羹　黄金莺巧结梅花络

036.绣鸳鸯梦兆绛芸轩　识分定情悟梨香院

037.秋爽斋偶结海棠社　蘅芜苑夜拟菊花题

038.林潇湘魁夺菊花诗　薛蘅芜讽和螃蟹咏

039.村姥姥是信口开合　情哥哥偏寻根究底

040.史太君两宴大观园　金鸳鸯三宣牙牌令

041.栊翠庵茶品梅花雪　怡红院劫遇母蝗虫

042.蘅芜君兰言解疑癖　潇湘子雅谑补余音

043.闲取乐偶攒金庆寿　不了情暂撮土为香

044.变生不测凤姐泼醋　喜出望外平儿理妆

045.金兰契互剖金兰语　风雨夕闷制风雨词

046.尴尬人难免尴尬事　鸳鸯女誓绝鸳鸯偶

047.呆霸王调情遭苦打　冷郎君惧祸走他乡

077.俏丫鬟抱屈夭风流　　美优伶斩情归水月
078.老学士闲征姽婳词　　痴公子杜撰芙蓉诔
079.薛文龙悔娶河东狮　　贾迎春误嫁中山狼
080.美香菱屈受贪夫棒　　王道士胡诌妒妇方

## 后四十回

081.占旺相四美钓游鱼　　奉严词两番入家塾
082.老学究讲义警顽心　　病潇湘痴魂惊恶梦
083.省宫闱贾元妃染恙　　闹闺阃薛宝钗吞声
084.试文字宝玉始提亲　　探惊风贾环重结怨
085.贾存周报升郎中任　　薛文起复惹放流刑
086.受私贿老官翻案牍　　寄闲情淑女解琴书
087.感深秋抚琴悲往事　　坐禅寂走火入邪魔
088.博庭欢宝玉赞孤儿　　正家法贾珍鞭悍仆
089.人亡物在公子填词　　蛇影杯弓颦卿绝粒
090.失绵衣贫女耐嗷嘈　　送果品小郎惊叵测
091.纵淫心宝蟾工设计　　布疑阵宝玉妄谈禅
092.评女传巧姐慕贤良　　玩母珠贾政参聚散
093.甄家仆投靠贾家门　　水月庵掀翻风月案
094.宴海棠贾母赏花妖　　失宝玉通灵知奇祸
095.因讹成实元妃薨逝　　以假混真宝玉疯颠
096.瞒消息凤姐设奇谋　　泄机关颦儿迷本性
097.林黛玉焚稿断痴情　　薛宝钗出闺成大礼
098.苦绛珠魂归离恨天　　病神瑛泪洒相思地
099.守官箴恶奴同破例　　阅邸报老舅自担惊
100.破好事香菱结深恨　　悲远嫁宝玉感离情
101.大观园月夜警幽魂　　散花寺神签占异兆
102.宁国府骨肉病灾禨　　大观园符水驱妖孽

103.施毒计金桂自焚身　　昧真禅雨村空遇旧
104.醉金刚小鳅生大浪　　痴公子余痛触前情
105.锦衣军查抄宁国府　　聪马使弹劾平安州
106.王熙凤致祸抱羞惭　　贾太君祷天消祸患
107.散余资贾母明大义　　复世职政老沐天恩
108.强欢笑蘅芜庆生辰　　死缠绵潇湘闻鬼哭
109.候芳魂五儿承错爱　　还孽债迎女返真元
110.史太君寿终归地府　　王凤姐力诎失人心
111.鸳鸯女殉主登太虚　　狗彘奴欺天招伙盗
112.活冤孽妙尼遭大劫　　死雠仇赵妾赴冥曹
113.忏宿冤凤姐托村妪　　释旧憾情婢感痴郎
114.王熙凤历幻返金陵　　甄应嘉蒙恩还玉阙
115.惑偏私惜春矢素志　　证同类宝玉失相知
116.得通灵幻境悟仙缘　　送慈柩故乡全孝道
117.阻超凡佳人双护玉　　欣聚党恶子独承家
118.记微嫌舅兄欺弱女　　惊谜语妻妾谏痴人
119.中乡魁宝玉却尘缘　　沐皇恩贾家延世泽
120.甄士隐详说太虚情　　贾雨村归结红楼梦